KB134599

헉!

헉!

현 대 사 설 시 조 포 럼   앤 솔 러 지

Vol. 12

고요아침

헉!
현대사설시조포럼 앤솔러지 Vol. 12

차례

'햇살의 분노 같은' 열정도
'얼다 녹다 하다가'

정용국

1. 들어가며

　팬데믹 현상이 장기화되면서 이제는 생활의 일부가 된
듯 하루에도 수십 번씩 경건하게 마스크를 쓰며 일상을 시
작하게 되었다. 최근에는 코로나 방역 지침이 4단계로 상
향 조정되면서 모든 행사가 중지되고 서넛이 모여 밥 한
끼를 먹는 일마저 불가능해졌다. 2020년 3월부터 시작된
전염병을 치루는 사이 우리는 제갈 태일 선생과 박권숙 시
인을 작별의 인사도 제대로 올리지 못한 채 저세상으로 보
내 드리고 말았다. 제갈 선생은 그래도 연치가 계셨고 건
강 상태가 예견된 수순을 밟았기에 슬픔이 적었다 하더라
도 박시인의 경우는 그의 신병을 다 알기는 하였지만 본인
의 유언으로 마지막 길을 조용하게 치루고 난 이후에 받은

비보여서 더욱 가슴을 아프게 하였다. 향년 60의 세수였으니 그가 목숨과 바꾼 주옥같은 시조 작품들을 마주하며 다시 한번 옷깃을 여미지 않을 수 없다. 작년 사화집을 낼 때는 시간의 여유가 있어서 제갈 선생에 관한 유고와 헌시 등을 잘 추릴 수 있었는데 박시인의 경우는 원고 마감일에 맞은 급박한 사태여서 고민 끝에 회장인 필자가 권두언을 갈무리하는 자리에 박권숙 시인의 사설시조 몇 편을 골라서 짧은 평설을 붙이는 것으로 특집을 대신하기로 하였으니 회원들의 넓은 이해를 바란다.

2. 박권숙 시인의 사설시조

1962년 경남 양산에서 태어난 박권숙 시인은 향년 60세로 우리 곁을 떠났지만 그가 1991년 중앙일보를 통하여 시조단에 등단한 이후로 꼭 30년을 절실하고도 오롯한 발걸음으로 튼실하게 걸어온 모습을 흔들리지 않고 보여주었다. 1993년『겨울 묵시록』을 필두로 1996년『객토』, 2001년『시간의 꽃』, 2005년『홀씨들의 먼길』, 2012년『모든 틈은 꽃핀다』, 2017년『뜨거운 묘비』에 이르기까지 줄곧 정연하고 걸출한 시조의 율격과 품위를 지닌 시집들을 발간하면서 시조단의 이목을 집중시키며 부러움을 샀다. 작품집의 중량감으로 치자면 비록 짧은 여정이었지만 넘치는 실력으로 주변을 압도한 수준이었다. 편편의 작품을 보더라도 균형과 절제미가 완곡했으며 한 치의 오차도 허락하지 않을 만큼 시조의 보법에 충실한 모습을 보여 준 시인이었다.

늘 시조의 정형을 추구했던 그가 현대사설시조포럼의 회원으로서 발표해 온 작품들을 보면 사설시조의 매력에 깊이 빠진 듯 일말의 묘한 집중과 새로운 시도를 보여주었다. 우리 회원이 아닌 시인이 이러한 작품들을 본다면 박권숙이라는 시인의 새로운 일면을 본 듯 조금은 생경하고 재미있는 감정을 느꼈을 것이다.

눈보라 수행 백 일 동안거 끝낸 덕장

저렇게 가지런히 진부령 겨울과 봄이 밤낮 한통속으로 얼다 녹다 하다가 눈뜬 채 놓쳐버린 바다도 길도 허공도 매달린 바람의 뼈도 얼다 녹다 하다가 입 벌린 채 삼켜버린 울음도 숨도 묵언도 텅 빈 허기의 꿈도 얼다 녹다 하다가

노랗게 풍화된 경전, 살 속에 빛을 켠다
— 박권숙,『사설시조포럼 2019』「황태」 전문

저 팽팽한 울음의 마지막과 처음 사이

어둠을 토해내는 <u>햇살의 분노 같은</u> 여름의 천길 단애
를 단숨에 건너뛰는 섬광으로 처리된 <u>햇살의 분노 같은</u>
제 귀를 잘라버린 미친 화가의 자화상을 핏빛으로 빠져
나온 <u>햇살의 분노 같은</u>

울음의 크레파스가 모든 적막을 삼킨다
— 박권숙,『사설시조포럼 2020』「매미가 울 때」전문

2019년과 2020년 두 해에 걸쳐 현대사설시조포럼 사
화집에 발표한 여섯 편의 사설시조는 박권숙이 작정하고
새로운 모습을 보여 주려고 기획한 작품인 것 같다. 위 두
편에는 "얼다 녹다 하다가"와 "햇살의 분노 같은"을 세 차
례씩 반복하며 자신이 주도한 주제 의식을 극대화하려
는 시도가 농밀하게 보인다. 두 시제로 등장하는 "황태"와
"매미"는 그들의 특별한 성장 과정과 숙성기 때문에 주목
받아온 바가 크다. 또한 이미 많은 작품들이 발표되었으
니 더욱 각별한 상징과 은유가 필요했을 것이다.「황태」에
서는 "진부령 겨울과 봄" "바람의 뼈" "텅 빈 허기의 꿈"들
이 '얼다 녹다 하다가'라는 특별한 상황과 인연을 맺으며
"살 속에 빛을 켠" 명품 '황태'를 탄생시키는 과정에서 인

간의 다양한 절정과 순간의 고통과 인내를 함축한 "풍화
된 경전"에 이르기까지의 "동안거"를 밀도 있게 표현하였
다.「매미가 울 때」에서도 '햇살의 분노 같은'에 "어둠" "섬
광" "핏빛"이 짝을 이루며 "팽팽한 울음"과 배의를 이루고
있다. 아마 이러한 기법들은 그가 평소 시조의 각 편에서
소화하기 어려웠던 각운脚韻을 사설에서 풀어내려고 한 것
같다. 위 두 편에서는 극한 상황에 처한 두 피사체들의 상
황을 통해 인간의 감정을 극대화해보려고 한 노력들이 투
명하게 들여다 보인다. 어찌 보면 황태와 매미의 특이한
일생을 자신이 싸우고 있는 병마와의 투쟁에 비견해가며
용기와 인내의 힘을 얻었을지도 모른다. 등단 30년이 그
에게는 병마와의 30년 세월이었으니 말이다.

　　일억 사천 만 년 동안 모자이크된 물의 얼굴

　　발목이 푹푹 빠진 시간을 잘게 잘게 햇빛 조각 나누고
있는 가시연꽃 창포 마름 자라풀 물억새 그 속에, 잘게
잘게 그림자 조각 붙이고 있는 논병아리 쇠물닭 청둥오
리 큰고니 그 속에, 잘게 잘게 틈새 조각 다듬고 있는 농
어 잉어 논우렁 말조개 소금쟁이 그 속에

　　그 속에

홀로 캄캄한

내 그림자 무 · 섭 · 다

      — 박권숙,『사설시조포럼 2019』「우포늪」전문

선인장이 허공을 향해 손을 내밀었을 때

햇빛도 물도 흙도 <u>다다르기 전에 먼저</u> 기도도 숨도 꿈
도 <u>다다르기 전에 먼저</u> 생략된 우기 쪽으로 건기를 밀어
내며 가시 손이 놓쳐버린 손톱들만 남아서

기억 속 사막 한 채를 할퀴고 핀 꽃 붉다

      — 박권숙,『사설시조포럼 2020』「손톱선인장」전문

위 두 편의 작품은 아주 큰 대조를 이루고 있다. "우
포늪"의 아름다운 생명을 그려놓고 나서 종장에 "홀로 캄
캄한" 자신의 모습을 어둡게 표현했고 "손톱선인장"에서
는 강인한 생명력을 긍정의 손길로 마무리하였기 때문이
다. 역시 "잘게 잘게"와 "다다르기 전에"라는 구절을 주체
로 '낙심과 공포'를 또 한편으로는 긍정의 이미지를 동원
하는 극한 상황을 모두 동원하였다. "잘게 잘게 햇빛 조각
나누고" "잘게 잘게 그림자 조각 붙이고" "잘게 잘게 틈새
조각 다듬고" 있는 늪 속의 온갖 생명들을 들여다보다가

"그속에/ 그속에"라며 끝없이 침잠하는 화자의 모습에서 우리는 고된 병마와 낙망의 소용돌이에 비틀거리며 서 있는 작은 시인 박권숙을 떠올리지 않을 수 없다. 그때 한 번 더 따뜻한 손 잡아줄 것을, 격려의 인사 더 들려줄 것을. 그러나 다른 한편으로 작은 '손톱선인장'에게 희망과 응원의 박수를 보낸 그의 당찬 모습이 새롭다. "햇빛도 물도 흙도" "기도도 숨도 꿈도" "다다르기 전에" "우기 쪽으로 건기를 밀어내며" 간절하게 기도를 올렸던 착한 시인 박권숙의 뒷모습을 본다.

3. 나가며

필자는 현대사설시조포럼의 모임에서 박시인의 모습을 한 번도 본 적이 없다. 늘 투석의 곤고함을 매달고 살아야 하는 상황이었으니 이렇게 아름다운 사설시조를 보내준 것만으로도 고마울 뿐이다. 한편으로 시조의 정격과 보법을 좋내 사랑했던 그가 새롭게 보여 준 보석 같은 사설시조를 읽으며 뒤늦게 어리석은 글을 쓴다. 이승의 60년을 백 년 같이 살았던 고인의 향기와 절제를 기억하며 회원을 대표하여 '시조시인 박권숙'을 영원히 가슴에 새기며 졸시 「걱정 인형」을 올린다. 햇살 같은 분노도 얼다가 녹다가 하리니 그 많던 걱정은 이제 여기에 두고 가시라.

걱정 인형*

― 박권숙

정용국

1.

소붓한 골목길을
그래도 잘 걸어왔다
둥글던 수상소감엔
만정이 가득했지

그늘꽃
육십 년 세월
울컥하고 스몄다

2.

마음에 걸리던 것
백비로 눌러 두고
아삭한 시조밭에
꽃바람도 불러보자

16 헉!

새까만

오만 걱정들

인형에게 맡기고

*과테말라 속담에 나오는 인형으로 걱정을 말해주고 베개 밑에 두고
  자면 다 해결해 준다고 함.

현대사설시조포럼

테마시조

바람

헉!

윤금초

그리하여 골골, 샅샅 광기 바람 몰아친다.

집채만 한 삼각파도 물이랑 끌고, 끌고 흉흉하게 솟구친다. 새하얀 포말들이 말갈기처럼 부서진다. 바다는 참을 수 없이 방파제 넘보다가 마구잡이 널을 뛴다. 난바다 헛바닥 날름 하늘 가녘 심한 凹凸 사이사이 요리조리 헤집다가 무슨 기미 몰고 오나, 서릿바람 음흉한 낌새 휘 휘 휘 몰고 오나? 차갑고 세찬 손돌바람, 사납고 매서운 고추바람, 눈 비 몰고 재우치는 흘레바람, 북녘 울짱 타고 넘는 얼굴 가린 뒤울이바람, 북만北滿 대륙 질러오는 동북공정東北工程 마적 떼 황사바람…. 그 한때 한양 휘젓던 경화세족京華世族 무리 같던 '황금 개띠' 진보 꼰대* 어느새 꼬리 사리고 '빠짜' 돌림 호위무사 싹쓸바람 혼용무도昏庸無道 활개 친다, 어마무시 활개 친다. 칼바람 피죽바람 회리바람 돌개바람 무람없이 널뛰기라 그리하여 골골, 샅샅 광기 바람 몰아칠 때

저마다 제 샅을 잡고 헉! 회술레 한창인가?

* 졸작 「꼰대들의 실루엣」 일부 재사용.

소백산 큰 바람

김영재

소백산 큰 바람
내 등을 밀어주었다

비로봉 오르는 길 세상 사는 일보다 험하고 힘들다고
지친 등을 밀어주었다 정상에 올라 큰 소리 한번 치고 우
쭐대며 태백으로 향하는데

누군가 배낭 당기며
하산하라 타이른다

산다는 거

박영교

산다는 거 뭐하는 거냐?
종족 보존의 법칙이냐?

바람은 피우지 마라 어떤 일이 있어도
그림만 함부로 자꾸자꾸 그리지 마라

커다란
발자취 밑엔
어수선한 큰바람 큰 그림이 엎드려 산다.

바람의 출처

박기섭

    시인은 외상 술을 먹고 봄 목련 꽃그늘에 거품오줌을 누고 세속도시 변두리 수챗구멍에 마른 침을 뱉고 눈 덮인 겨울 벌판을 홀로 서성이며 사라진 노래의 후렴구를 찾고

    시인은 여름밤 은핫물에 멱을 감고 잡은 소고삐 놓은 채 멀찌가니 직녀의 낡은 베틀 소리를 듣고 속엣말 다 흩은 가을 억새밭머리 저문 강 노을에 타는 앞섶을 어쩌지 못하고

    한사코 출처 모를 바람만 움켰다가 놓았다가

바람

박옥위

태초 바람은 맑고 신선했으므로 신의 것이었다.

나뭇잎도 춤추는 산들바람에 꽃잎이 휘날리는 꽃바람에
한여름 시원하게 부는 골짝바람에 산바람 강바람 바닷
바람
연분홍 치마를 살랑대던 봄바람은 그리운 바람이요

돌풍 태풍 허리케인은 풍을 달았으니 이름값을 하는데
요새 서울을 강타하는 황사바람은 중국은 모르는 바람
이라

옛날엔 그 유명하던 치맛바람, 주먹바람이 최근 사부자기
잦아들었는데 돈바람은 여지없이 지금도 까불거리고
뭐 미투 라나, 섹스바람은 꼬리를 물고 일어나
세상을 오염시키고 정치꾼은 헛바람에 거짓바람
꿍꿍이 바람에 잡히고 손 선풍기 바람까지 일이 한참
나겠네

그래도 산이나 바다가 그립다고 달려가는데 거기도
코로나 바람으로 깽판을 놓는데

아 덥다 마!

뭐라 캐 싸도 이 여름, 에어컨이 없으면 우짜겠능교

바람

이지엽

죽림리 바닷가에는 세상 모든 바람이 산다

실바람 남실바람 산들바람 잔물결의 살랑바람이면 좀
좋으랴
건들바람 흔들바람 된바람 화풍 질풍 웅풍 깊은 바람
거쳐
센바람 큰바람 큰샘바람 흔들리고 꺾이는 소용돌이 물
보라더니
노대바람 왕바람 싹쓸바람 뽑히고 여귀산 산더미로 덮
쳐오는 파도 파도여

다음날 천지개벽한 듯 말짱하게 웃는 햇살이여

송전선을 타고 온 바람이 지나간 후에

염창권

누군가, 바람의 문 앞에서 줄을 맸다

햇빛 아래 벗은 길이 몇 갈래로 나뉘었고 따라가던 그
림자는 발목을 또 잃었다, 멀리까지 걸어도 늘어뜨린 철선
아래였다

책에서도 바람의 지문을 찾지 못했다

퍼렇던 마음이 입술에 닿은 것일까

두고 온 날들이 짱짱하게 당겨지며 움켜쥔 손바닥에
핏금이 새겨졌다, 고압으로 충전된 운명선이 지나간 듯,

서릿발 내린 풀잎마다 늑흔勒痕이 생생했다

바람이 불어오네

장 재

소낙비 퍼붓겠네. 헝클어진 바람 분다.

좌익 우익 마타도어 핑퐁 핑 내로남불

어질던 동구 밖 아재

미간 가득 이는 바람

주식 바람 펀드 바람 속아도 사는 복권

부동산에 코인 바람 흙수저로 퍼는 바람

에라이 불쌍한 것아

바랄 것을 바래라.

바람에 색깔 입혀 눈가에 내걸었다.

　관셈보살관셈보살 구순의 내 어머님 나만 보면 뇌이신
다. 바람은 바람이 되고 흔들리는 나뭇잎만 보아도 눈물
글썽거리는데 노을에 비친 나와 내 어머님의 막차 시간표
까지 초라하고 남루한 모습이 되고, 바람은 바람이 되어
삭대엽 중중모리 색색깔로 맺히는 날

　바람이 쓰담거린다

　토닥이며 지난다.

바람에 관한 관찰 일지

신양란

데크에 앉아 마당 풍경을 꼼꼼히 읽고 있노라니

나뭇잎 사이 헤집는 바람의 소리가 보이더라. 꽃잎 툭툭 건드려보는 불량한 손짓이 들리더라. 풀 내 묻은 바람은 내 살갗을 희롱하고, 볕에 달궈진 폭신한 바람은 코끝을 슬쩍 만지고 가더라. 점잔 빼다 촐랑대다 능청스레 눈치보다, 쥐죽은 듯 숨죽이다 토라졌나 성질부리다, 곰실곰실 기어가다 팔랑팔랑 날아가다, 휘파람불다 한숨 쉬다 두런두런 속삭이다, 온갖 재롱 온갖 재주 굿판이 따로 없더라.

일지에 요약해 적는다,
'오늘 바람은 맹랑했음'
이상, 끝!

바람난 무

김숙희

야멸차게 잘랐는데 한순간 어이없네!

바둑 공책 반만큼씩 구멍 숭숭 빠꼼빠꼼 달랑게 집 즐비하게 늘어섰네 늘어섰어 어쿠! 그럴싸한 겉모습에 그만 속고 말았구나 오동통 뽀얀 얼굴 연초록 볼연지에 말끔하게 목욕시킨 그 모습, 그 자태는 얼마나 또 정갈했나, 첫눈에 반했거늘 한 치의 망설임도 없었거늘 고뿔 기운 다스리려 뭇국, 뭇국 서둘다가 오늘 저녁 뭇국은 그야말로 無국일세 애재라, 심사가 배배 꼬여 바람 든 널 냅다 홱 던지려다 아니 아니, 아니지 슬그머니 제 자리에. 뉘 몰래 바람 난 게 어디 너 하나랴, 너뿐이랴…

안경도 바람난 게지 난시원시 뒤죽박죽

바람 한 짐
― 갓바위부처

공영해

목마른 사람들이 지고 온 바람 한 짐
이리 풀고 저리 풀고 천 년을 풀었건만
아직도 갓을 못 벗고 바람 속에 앉았네라

팔공산 관봉에 갓 쓰고 앉아 봐라, 별놈의 바람 다 와서 들쑤신다. 샛바람 꽃바람 마파람에 산들 하늬 높새바람, 강쇠 돌쇠 고추바람 살바람에 궁둥이바람만 바람이더냐, 아파트바람 딱지바람 치맛바람 한물간 유학바람 촛불바람 적폐 청산 북풍 검풍 선거바람 암호화폐 폭락 장세 일진광풍 망할 바람 이런 헛바람까지 다 왔다 가지만 끄떡없어, 의지가지없어 불면 바스러질 사람들 관봉까지 메고 지고 온 수만 가지 바람들, 이 바람이 참 바람이라 가부좌를 못 풀지, 인공지능 만능이라지만 믿지들 마시게, 순박한 사람들의 간절한 바람은 기댈 데가 있어야 풀어 놓지 않던가, 한 무릎을 내어 주며 함께한 바람만 해도 수미산 몇 만 번을 오르내리지, 한 번 서지도 못하고 앉아 천 년을

보낸 미련한 돌부처인데 무엇이 영험타고 역병 흉흉한 세
상 겁 없이 줄 지어 찾아오는지 참,

　돌부처 영험타 마시고 갓이나 잠시 벗겨 주시게

공기처럼, 바람처럼

박희정

　그대, 사방팔방 쓰러지거나 한 곳으로 솟구치거나 바닷바람 육지바람 꼭 안으며

　가는 곳 묻지 않고 오는 때 묻어두고, 흐르고 또한 멈춰가며 산바람 강바람 따라 나붓나붓 쓸어주며

　끝까지 내 곁에 있어줘, 공기처럼 바람처럼 있어줘

바람의 때깔

정평림

'바람'이란 기압차氣壓差로 오는 '공기의 흐름'이리.

헌데, 이 공기라는 자연계의 한 물체가 우리네 상상력 (몽상) 형성과 깊은 연관이 있다면 믿겠는가, 믿겠는가 말이야. 19세기 후반에 태어나 20세기를 주름 잡고 간 '이미지론'의 대가 가스통* 할아버지, 우주 생성 '4원소론'을 주창하며 물·불·흙·공기 4원소가 이미지 창출의 원동력이라니 결국 상상력도 그 뿌리는 물질이라는 것이야. 뜬구름 잡는 허구들이 구체적이고 과학적으로 벗겨지는 순간이지, 그 순간이야. 동쪽에서 불어오는 싸늘한 샛바람, 서쪽에서 사운대는 하늬바람, 갈바람, 남쪽에서 건너오는 차갑고 맵게 부는 마파람, 한겨울 북쪽에서 내려오는 된바람, 높새바람도 공기가 찍어내는 나름의 때깔이지만, 바람과 물이 만나 안개나 파도의 이미지를, 바람과 불이 조화되어 산불이나 화재의 이미지를, 바람과 흙이 어울려 모래바람, 황사의 상상력을 키운다는 게야. 그러게, 인간의 꿈도 본질적으로 물질적임을 알겠네만,

꽃멀미 어찔한 계절 '꽃바람'이나 실컷 불어 봐!

* 가스통 바슐라르(Gaston Bachelard, 1884~1962) : 프랑스의 과학 철학자.

일렁 일렁이다

최성아

터 잡고 불어나는 야금야금 속내 갉는

공짜 하나 쥐어진들 얼씨구 만족할까 두 개를 잡고 나면 궁시렁 줄어들까 셋을 가지라 하면 짝 맞춘다 일 벌리고 네 개가 들어오면 숨겨둘 하나 더 바라지 다섯을 얻고 나면 하나쯤 나누어질까 여섯을 품고 나니 욕심은 파도일까 일곱을 넘어가면 뒷주머니 더 벌리고 여덟을 받아들면 딴 주머니 묻어두지 아홉을 쟁여 가면 자식 터전 만들어질까 열까지 꽂아두면 대대손손 떵떵거릴까 안 먹이도 배부르고 만사가 일사천리거늘 금싸라기 눈독 들이며 손을 털 줄 모르지

단칼에 무를 자르듯
언제 불까 칼바람

참깨꽃 머슴살이

홍준경

큰누이가 귀동냥해 준 참깨꽃 이야기야.

가진 논밭 한 떼기 없고 뒷구멍 찢어지게 가난한 살림
살이, 딸린 권속 많은 나이 어린 가장이었던가. 울며 겨자
먹기로 바람처럼 머슴살이 떠날 수밖에. 그런데 말이야, 참
말이지 겨울나무 봄풀하기 보리타작 안 해 본 일이 없고,
무논모심기 끝내고 조금은 한가한 계절이 오면 참깨꽃 속
없이 흐드러진 게야. 이 무렵이면 머슴 밥상에 고봉밥을 줄
이고 찬거리를 하나씩 뺀다는데 왜 그러겠어? 나갈 테면
나가라는 게지. 참으로 미치고 환장할 '갑'의 착취, 지독한
자린고비 수전노였던 것 같아, 그 서러운 보릿고개에…

절반의 새경 받고 얼마나 원망했겠어, 그 참깨꽃을.

바람이 그린 그림

문수영

빗속에 바람 침 들어있는 줄 몰랐다

벚꽃 다섯 장 오롯이 모여 하나의 꽃잎 이루다가 보슬
보슬 봄비에 눈송이처럼 낱낱이 흩날린다 바람이 입김 불
어넣자 하르르 날아서 지상에 분홍 융단을 깐다 바람이 들
창문 두드렸는데 몰랐다… 지상에 융단으로 재생한 짧았
던 행복

벚꽃 잎 폭신한 융단, 바람이 그린 그림

바람 하나쯤

노영임

이 나이에 뭔 사랑? 에그머니, 남사스러워라

아냐! 아냐! 도리질 치다 내 나이가 뭐 어때서? 지금이
사랑하기 딱 좋은 나이라잖아. 얼굴만 떠올려도 입꼬리
실쭉샐쭉, 별 뜻 없이 건네는 한마디에도 키득키득. 기척
만 느껴져도 귓불까지 밝그레하니,

어머나! 짧은 감탄사 절로 터지지 않을까?

몸 따라 마음까지 늙어지지 않는 것이
다행인지 불행인지 도통 분간 못 하지만
턱없는 바람 하나쯤 가두고 살면 안 될까?

바람 나라 2

김춘기

제주도 바람은 오름에 기대어 산다.

비양도 꽃바람, 사라오름 영등바람, 사려니숲길 삼다
수바람, 엉또폭포 회오리바람, 한라산 남벽 재넘이바람,
알뜨르비행장 몽생이바람. 서로 만나 손뼉 치며 얼씨구
절씨구 말춤도 추며, 삼다도를 궁굴리는데. 아내 두 손 모
은 바람은 뭐시 있을까? 뭐시 있을까? 우리 피붙이들 건강
바람, 해녀할망 무탈바람, 친정부모님 백년해로바람, 취준
생 큰아들 공무원합격바람, 시집간 딸내미 이혼않기바람,
벽창호 신랑 예수영접바람. 그러면 육지 쪽엔 무슨 바람
이 또 분다냐? 그렇지 코로나 미친바람, 비트코인 몰빵바
람, 강남아파트 영끌바람, 케이팝 비티에스 다이나마이트
바람, 거기에다 코리아 G10선진국 진입바람까지

태풍이 왕눈을 달고 북상한다는데
뭔 바람이 그리도 많다냐.

바람 속에 저 바람 속에

배우식

속이 다 들여다뵈는 바람의 몸속을 본다.

발 없는 발로 달려오는 바람 속에 저 바람 속에 바람은
저 바람은 척추 없는 동물이다 입 없는 입으로 땀 밴 얼굴
핥아주고 손 없는 손으로는 돛배 한껏 밀어내듯 내 안의
우울 모두 그렇게 밀어낸다

바람을 올라타고 나는
너의 슬픔을 나른다

바람

김윤숭

골 지면 바람 분다 그 바람은 시원하다
골 깊으면 바람도 세지 그 바람은 달콤하고
감칠맛 깊은 바람 목숨 걸고 쐬는 바람
한 맛에 한 목숨 맞바꾼들 무어 대수랴
중독성 치사율 높은 시원 달콤 그 바람

남바람꽃

김영란

안부를 묻는 것도 불안불안 했었지

해안선 5킬로 이내로 하산 하란 그 명령 바들바들 떨렸지 거처할 곳 없었지 세 차례 개명으로 난세를 타고 넘었지 바람의 땅에선 바람처럼 살아야 해 한라산바람 남방바람 아냐 그냥 남바람이라 할 거야

사월의 중산간 들녘
소곤소곤 바람 분다

모래바람

장은수

모래알 몰고 가서 모래 산을 쌓고 있다

고비사막 속눈썹을 털고 있는 모래바람 그 행보 너울 너울 지평 너머 흘러간다 세상을 공전하는 사막의 멜로디가 모래능선 등을 타고 놀에 익어 출렁댄다 낙타의 굽은 허리춤 마두금의 현과 현이 울음인 듯 노래인 듯 하늘의 신음들이 팽팽하게 열리는 그대와 나의 거리

해종일 혈관을 데울 불꽃 한 점 피운다

나인 듯 나 아닌 듯

문경선

우우 내리는 바람앞에 탑승하는 바람

냄새만 맡아도 딱 알지 산에서 놀았는지 강에서 놀았는지 시베리아 얼음 끌었는지 태평양 물 끌었는지 콧구멍 넘는 순간 운명처럼 36.5도 괴로우나 즐거우나 아프나 잠이드나 쉼없이 부비동 바람동네 내 몸을 돌다 떠난 바람은 고양이 숨 구멍에 나비의 가슴속에 냇가 윤슬로 떠다니다 당신 곁에 잠들지도 몰라

너와 나
서로를 안으며
하나인 듯 아닌 듯

바람이 동東으로 향한 까닭은
— 요크서*

정황수

둥치는 핏빛 썰물에 애먼 목숨 앗길까봐.

하늘 덮은 먹장구름 스카보로우 해안 따라 두 팔 들어 앙버티는 휘휘친친 저 억센 풀들 황무지 등걸잠 비킨 산소에 목이 메고 양 떼 초원, 안개 호수, 물기 어린 산야에서 길라잡이 큰 까마귀에 애타게 매달린 건 붉디붉은 햇덩이가 흔들릴까 스러질까 칼 도끼 든 살인귀 저 야차 떼를 막아야해. 목숨 걸고 끝까지 싸워야해. 주먹 불끈! 풍전등화 백척간두라, 바닷물이 마르고 돌이 썩을 때까지 너나없이 살기 위해 죽어야지, 죽음같이 살아야지. 폭풍우 몰고 오는 동쪽 좇아 달려가야지.

바람을 앞세운 자는 소멸 또한 잉태하니.

* 잉글랜드 동북부의 주(state)로 로마, 섹슨, 데인(바이킹), 노르만 등과 전쟁이 많았음.

바람이 지나간 새벽
– 노란양동이*

유순덕

우리 그만 손 흔들며 뒷걸음으로 멀어질 땐

길모퉁이에 홀로 선 양동이를 갖고 싶어 곁에서 선잠
자다 낚시하는 꿈을 꾸며 비 맞을 양동이 생각에 울고 있
는 아이처럼 손끝으로 바닥에 제 이름 가만 적어보다 비바
람에 날아갈까 물 가득 담는 아이처럼 악몽을 꾸다 잠이
깨어 후다닥 달려가선 사라진 양동이 생각에 하늘 글썽,
올려다보며 괜찮아, 이젠 괜찮아

함께한
일주일이 더

소중했다는
아이처럼

*모리야마 미야코의 동화를 읽고.

현대사설시조포럼

윤 금 초

| 무채색 밤, 마른 꽃 |

외 2편

1966년 공보부 신인예술상, 1968년 〈동아일보〉 신춘문예 시조 당선. 시집 『어초문답』, 『땅끝』, 『해남 나들이』, 『이어도 사나, 이어도 사나』, 『질라래비훨훨』, 『무슨 말 꽁처두었니?』, 『앉은뱅이꽃 한나절』, 『큰기러기 필법』, 사설시조집 『주몽의 하늘』, 『뜬금없는 소리』, 장편 서사 시조집 『만적, 일어서다』, 4인 시조선집 『네 사람의 얼굴』, 『네 사람의 노래』 등. 시조창작 실기론 『현대시조 쓰기』, 『시조 짓는 마을』, 중앙일보 중앙시조대상, 고산문학대상, 현대불교문학상, 문학사상사 가람시조문학대상, 한국시조대상, 유심작품상, 조운문학상, 조연현문학상, 민족시가문학대상, 이영도시조문학상, 이호우시조문학상 등 수상. 대산문화재단 창작기금, 조선일보사 방일영문화재단 저술·출판지원금 받음. 현재 시조전문 교육기관 (사)민족시사관학교 대표, 《정형시학》 발행인.

무채색 밤, 마른 꽃

차디찬
공포
몰고 온다,
정지된
그림자 문득.

삶은 가끔 늑대 가죽, 늑대 가죽 냄새 난다. 달 없는 무
채색 밤, 이마 위에 은장도 겨누고 둥근 거울 바라볼 때 영
동할멈 미친바람 널을 뛴다, 널을 뛴다. 시리게, 가슴 시리
게 지나가는 살별 꼬리, 빛의 꼬리 한 가닥이 몸속으로 파
고든다. 밤의 어둠 끝자락에 마른꽃 냄새 실려 오고 실려
온다. 오리온, 전갈자리, 안드로메다 별자리에 마른 꽃 냄
새 피어난다. 역마직성驛馬直星 타고났나? 놓아먹인 망아지
처럼 마냥 그리 배돌고 서슴거린 이생이라, 이생이라….

이마 위
은장도 겨누고
미친바람 널을 뛴다.

계면조 느린 음률

손댈 곳 바이없다,
깎아지른 천길 벼랑.

한 번도 닫힌 적 없는 서늘한 쪽물 하늘. 붉게 타는 무
지갯빛 열목어 눈 식히고자 차갑고 시린 물 찾아 모여드
는 외진 계곡인가, 청정무구. 물을 헤저어 제 얼굴 깨뜨리
고 반질거린 조약돌 마주한다. 더러는 눕고 더러는 서 있
는, 둥글 납작 닮은 돌, 돌…. 물을 벗어던진 순간 빛이 그
만 죽는다. 소리인지, 한숨인지, 바람결에 실려 와서 귓전
훑고 사라졌다 다시 또 밀려오는 파동인가. 잇따라 들려
오는 징소리, 작은 북소리 쿵 작작 어우러진 소릿결 타고

은장도,
초승달 은장도
이마 위에 내걸린다.

구부러진 배터리

엇박자 엇박을 밟고 배뱅이굿 질펀하다.

마누라가 영감 보고 "저 이불 좀 개 줘요." 푼수 영감 개킨 이불 개[犬]에게 던져 준다. 이번엔 영감한테 TV 리모컨용 배터리 사오라고 한다. 푼수데기 가라사대 "배터리 크기는요?" 마누라 하는 말이 "당신 물건만 한 크기로 두 개요." 배터리 가게 들린 영감 자기 물건 꺼내 보이고 이만한 배터리 두 개 달라 한다. 놀란 기색 가게 주인 시치미 딱 떼고 설랑

"어쩌나~. 우리 가게엔 '구부러진 배터리' 없는데…."

김 영 재

| 허공으로 흩어지다 |

외 2편

전남 순천 출생. 1974년 《현대시학》 등단. 시집 『목련꽃 벙그는 밤』, 『녹피경전』, 『히말라야 짐꾼』, 『화답』, 『홍어』, 『오지에서 온 손님』, 『겨울 별사』, 『화엄동백』, 『절망하지 않기 위해 자살한 사내를 생각한다』, 『참나무는 내게 숯이 되라네』, 『다시 월산리에서』, 시화집 『사랑이 사람에게』, 시조선집 『참 맑은 어둠』, 『소금 창고』, 여행 산문집 『외로우면 걸어라』 등 출간. 유심작품상, 순천문학상, 고산문학대상, 중앙시조대상, 한국작가상, 이호우시조문학상, 가람시조문학상 등 수상. 현재 책만드는집 대표, 계간 《좋은시조》 발행인.

허공으로 흩어지다

설산 떠돌던 바람 내 안으로 들어왔다

옴마니반메홈 옴마니반메홈 경 읽는다 오색 깃발 룽다에 새긴 경 밤낮 없이 읽는다 밥 먹지 않고 잠 자지 않고 경 읽는다 그러던 어느 날 읽어도 읽어도 끝이 보이지 않는 경 읽기 멈추고 바람 떠났다

내 몸은 적멸의 빈 집 허공으로 흩어졌다

손편지

보낸 사람 알 수 없는 편지 한통 받았다

안동 풍산우체국사서함이 발신지였다 82세 수감자가 보낸 사연이었다 서울구치소에서 안동교도소로 이감했다는 것과 책만드는집 시집을 구입하고 싶어도 여의치 아니하다는 것과 두 번째 편지를 쓰는데 왜 작년에 보낸 첫 편지의 답이 없냐는 것이었다 나는 몇 자 변명과 함께 위로가 될지 모르지만 용혜원 시집 몇 권을 챙겨보냈다 바깥세상도 덥고 지루하고 코로나로 힘들다고 좋은 날 올 것이라고

그분의 안녕을 빌며
몇 달이 지나갔다

닭백숙에 술 한잔

전라도 화순 땅 운주사에 갔더니

볼품없는 돌부처 서 있어도 삐딱하고, 의젓한 가부좌
부처 목 없이 세월 보내고, 양반 아닌 머슴부처 폼을 잡고
버티고 있거니, 별것 아니구나 싶어 눈 한번 슬쩍 주고, 절
구경 하는 듯 마는 듯 무등산 중심사 앞 백숙집으로 달려
가 닭다리 안주 삼아 소주를 켜고 있는데 냅다,

네 이놈
뒤통수 후리는 소리
너만 마시기냐!

현대사설시조포럼

박 영 교

| 부석사 浮石寺 목어 木魚 |

외 2편

안동고, 고려대 대학원 졸업. 1972년 《자유시》(김요섭 추천), 1973~5년 《현대시학》(이영도 추천)으로 등단. 시조집 『가을寓話』, 『사랑이 슬픔에게』, 『겨울 허수아비』, 『숯을 굽는 마음』, 『창』, 『징』, 『우리의 인연들이 잠들고 있을 즈음』, 『아직도 못다한 말』, 『우리가 산다는 것은』, 『춤』. 평론집 『文學과 良心의 소리』, 『詩와 讀者 사이』, 『시조작법과 시적 내용의 모호성』, 『시어와 운율의 미학』. 제1회 중앙시조대상 신인상, 제1회 경상북도문학상, 제1회 한국시조시학상, 제4회 민족시가문학대상, 제42회 경상북도 문화상(문학부문), 제5회 추강시조문학상, 제24회 한국크리스천문학상, 제10회 한국문협작가상 수상. 경북 영양 수비중고등학교 교장, 춘양중고등학교 교장(정년), 한국문인협회 이사, 한국시조시인협회 수석부이사장, 경북문인협회회장, 영남시조문학 회장 역임. 현재 경북문협회장·고문, 영주문예대학장, (사)대한노인회 영주시지회 부설 노인대학장.

부석사浮石寺 목어木魚

울고 싶어도 울지 못하는
그의 눈물은 핏방울이다

　생각보다 깊은 한숨을 내뱉고 떠나고 싶어도 떠나지
못하는 그의 툭 불거진 눈알과 갈라진 배 다 아물 때까지
는 길을 떠나지 못 하리 눈을 감지 못하는 그리움 하나로
온 산천이 울음바다 화엄경華嚴經의 깊은 법문과 반야심경
般若心經을 두고 강이든 바다든 벌로 떠나지 못하겠네.

울먹인
굵은 눈망울 속
그의 눈물은 피멍울이다.

잊혀 진다는 것

내가 너에게 잊혀 진다는 건 너로 하여금
내가 살아있는 우뚝한 큰 나무였으리라

너의 눈물은 석양을 붙잡고 그림자 길어지는 것 같이
나부끼는 갈참나무 잎에서 떨어지는 이슬 같은 빗물이리
라. 설움이 있어도 없는 것 같이 웃음소리로 변한 너의 환
한 얼굴모습으로 하루를 끝낼 것이다. 내가 너에게 잊혀
진다는 건

그림자 드리우는 풀잎이 아니라
난 너에게 우뚝한 크나 큰 나무였으리라.

푸른 밤

하늘 장례식장에서
조등을 바라보다가

무엇으로 살다가 떠났는가? 무엇을 하면서 살아가야
하는가를
고민하게 된다.

하늘별 어디쯤 걸려서 빛을 발하고 있을까
푸른 밤이 무서워진다.

현대사설시조포럼

박 기 섭

| 금둔사金芚寺 홍매 |

외 2편

1980년 〈한국일보〉 신춘문예 당선. 1984년부터 1994년까지 '오류' 동인으로 활동하며 10권의 사화집과 1권의 선집을 냄. 시집으로 『키 작은 나귀 타고』, 『默言集』, 『하늘에 밑줄이나 긋고』, 『엮음 愁心歌』, 『달의 門下』, 『角北』, 『서녘의, 책』, 『오동꽃을 보며』 등이 있음. 2인시집 『덧니』, 현대시조 100인선 『비단 헝겊』, 4인선집 『머리를 구름에 밀어 넣자』, 5인선집 『다섯 빛깔의 언어 풍경』, 8인선집 『80년대 시인들』 등과 박기섭의 시조산책 『가다 만 듯 아니 간 듯』, 일역시집 『月の門下』 등을 펴냄. 오늘의시조문학상, 오늘의시조문학상, 중앙시조대상, 이호우시조문학상, 고산문학대상, 가람시조문학상, 백수문학상, 외솔시조문학상, 발견문학상 등을 받음.

금둔사金芚寺 홍매
— 지허스님*

인간 붓다가 도를 깨친 음 섣달 초여드레, 그날은 용케도 꽃이 왔는디 올갠 한 달이나 먼저 와 부렸네 이게 뭔 조화당가? 꽃이 오믄 아무리 추워도 매화는 안 죽어 추우믄 꽃잎을 요로코롬 오므려 안을 지키제 이 추위에 어인 생광인감 참 고맙고 기특허고 그려

참 희한허게도 매화는 가지를 갖다 심으믄 길어야 마흔 해를 못 버텨 씨앗으로 싹을 봐야 백 년도 넘게 살제 해마다 매화 올 적이믄 그냥 부끄럽네 예순 해 넘도록 중 노릇을 했는디 여태 화두를 못 풀었잖어 꽃들은 갖은 추위에도 풀 거 다 풀고 저리 또 피건마는…

시방은 매화가 부처여 부처 싹 틔운 절, 금둔사金芚寺

* 중앙일보(2021년 1월 1일자) 기사에서

그림 속에 웬 별들이 그리 많으냐고요?
— 별나무 화가(이규목)의 말

젊을 적엔 무언지 모르게 캄캄해져서 한밤중에 홀로 산꼭대기를 오르고는 했어요 무섭? 그런 건 몰랐어요 그땐 나보다 더 캄캄한 건 없었고 바깥은 그저 다 환하기만 했으니까요

하늘의 별들이 뭐라고 뭐라고들 조잘대며 어깨며 앞섶 가리잖고 내려와 앉았는데요 그러니까 저 그림 속 별들은 내가 그린 게 아니라 그때 묻어 온 그 별들을 집 앞 풀밭에다 털어놓은 게지요

뭐 그냥 묻은 흙 털 듯이 털어 놓은 게지요

음 섣달 초여드레*

이날은 날이 맑았는데 저녁답이 되자 다따가 구름이 지붕 위로 몰려들더니 눈이 한 치나 내렸다

삶과 죽음의 즈음에서 자리를 정돈하라 이르더니 부축하여 일으키자 앉은 모습 그대로 숨을 거두었다

그 순간 구름 흩어지고 눈발마저 걷혔다

* 퇴계 선생 가신 날(1570년).

현대사설시조포럼

박 옥 위

| 지하도로는죄가없다 |

외 2편

1965년《새교실》시 3회 추천완료(박남수, 황금찬). 1966년 울산문인협회창립 시인으로 문단활동 시작. 1983년《현대시조》,《시조문학》천료. 우리시대현대시조100인선『겨울 풀』,『그리운 우물』,『그 눈물 자리마다 한 무더기 꽃 놓으며』등 12권의 시조집 상재. 성파시조문학상, 이영도시조문학상, 김상옥시조문학상, 아르코문학창작지원금을 받았다.

지하도로는죄가없다

참어처구니가없기로서니어찌이런일이라니

소나기가집중호우로바뀌자순식간에지하도로는저수
지로돌변했다차들은저수지속으로곤두박혀들었다내속에
끓어오르는고래울음소리가네안의그림자로끝없이밀려오
고울음은돌멩이의몸날아갈수도움직일수도없었다저속빠
개지는내부를바라보면꽃망울꽃사슴들꼬장꼬장땀방울들
이수수범벅

고걸다품어안은채미어지는지하도로는죄가없다

공기 거름망

수사님 무반주 성가는 공기거름망이라는데

엊저녁 담장 밑서 고래고래 고함지르던 김 씨 아재
공사판서 날일 하다 서푼어치 품삯 받고 웩웩 날린
술주정에 팔도시장 난장바닥에서 고등어 갈치요오
떠리미요 떠리미! 다 못 팔고 돌아오던 오십 칠 세
박 씨 아재의 허탈한 육자배기에 뜬 쪽 달을 안고
배고프다 배고파 밥은 안주고 어째 물만 주냐 하시던
요양원 큰집 치매할머니 온 아침 세상 떠났다는데
우리 집 철부지, 엄마 엄마 엄마는 할무이 되지 마요.
이 기막힌 말에 오냐오냐 그래그래당그래 어쩔거나

수사님 공기거름망이 희어졌다 검어졌다 하네

속수무책 束手無策

요즘, 임대라는 붉은 글이 골목집마다 나붙는데
그 붉은 글자 속에 숨어있던 붉은 말이 한꺼번에
달려 나와요 어쩌나 아 어쩌나

한 마리 붉은 말이 헉헉헉 달려 나오자
두 마리 붉은 말이 허걱허걱 달려 나오고 세 마리
붉은 말이 네 마리 붉은 말을 끌고 나오고 다섯 마리
붉은 말이 여섯 마리를 여섯 마리 붉은 말이
일곱 마리 붉은 말을 끌고 나오고 여덟 마리 붉은 말이
아홉 마리 붉은 말을 아홉 마리 붉은 말이… 열두 마리
붉은 말을 끌고나오자 그 뒤를 수천 마리의 붉은 말이
달려오는데

뛰어나온 한 마리 붉은 말은 마구간이 없구나
뛰어나온 두 마리 붉은 말도 마구간이 없구나
뛰어나온 세 마리 붉은 말도 마구간이 없구나…
뛰어나온 열두 마리 붉은 말도 마구간이 없구나

뛰어나온 수천 마리 붉은 말도 마구간이 없으니

우야꼬! 오갈 데 없는 붉은 말들이 모두 차도로 달려간다!
좌충우돌 붉은 말의 마산마해馬山馬海*

아! 속수무책束手無策이구나!

* 마산마해馬山馬海 : 인산인해人山人海의 페러디.

이 지 엽

| 비누 |

외 2편

성균관대 영문과를 거쳐 동대학원 국문학과 마침, 문학박사. 1982년 《한국문학》 백만원 고료 신인상에 시 「촛불」 外, 1984년 〈경향신문〉 신춘문예에 시조 「일어서는 바다」가 당선되어 문단에 나옴. 시집으로 『어느 종착역에 대한 생각』(고요아침), 『씨앗의 힘』(세계사), 『사갈의 마을』(청하), 『다섯 계단의 어둠』(청하), 시조집으로 『사각형에 대하여』(고요아침), 『북으로 가는 길』(고요아침), 『해남에서 온 편지』(태학사), 『떠도는 삼각형』(동학사) 이 있으며, 연구서로 『한국 현대문학의 사적 이해』(시와 사람), 『한국 전후시연구』(태학사), 『21세기 한국의 시학』(책 만드는 집), 『현대시 창작강의』(고요아침)이 있음. 동화집으로 『지리산으로 간 반달곰』이 있으며, 신앙시집으로 『신성한 식사』를 발간하기도 했다. 성균문학상, 평화문학상, 한국시조작품상, 중앙시조대상, 유심작품상, 오늘의시조문학상 등을 수상. 현재 계간 《열린시학》, 《시조시학》 편집주간, 계간 《한국동시조》 발행인. 경기대학교 국어국문학과 교수, 〈조선일보〉, 〈중앙일보〉 신춘문예 심사위원 역임.

비누
— 닳아지는 것들 1

자신의 몸을 지워 더러운 곳 씻어주니
비누는 성자聖者다 예수나 석가 같은
때 닦고 향기까지 남아도니 하늘까지 맑아진다
한데다 내몰지 마라 쓰고 나서 함부로 던지지 마라
아파도 끝내 지키는 자리 종장 첫 음보가 거기 있다

신발
― 닳아지는 것들 2

언제나 짓눌리는 슬픔으로 네가 산다
바닥까지 다 닳아지며 그 무게를 홀로 견딘다
코 막고 쓸리는 살갗 피가 도는 아픔이라도
누군가 앓는 소리가 들려 나가 보니 어머니였다

책
— 닳아지는 것들 3

헤져서 다 낡아진 책에서는 백제의 냄새가 난다
스름스름 큼큼한 수십 겹의 인내 같은
얼굴도 더러 뭉개져도 웃는 운주사 석불 같은
가다가 여린 속살에서는 동자승 애린 살결이 아팠다

염 창 권

| 흐린 날의 변전소 |

외 2편

1990년 〈동아일보〉 신춘문예 당선으로 등단. 시조집 『햇살의 길』, 『숨』, 『호두껍질 속의 별』, 『마음의 음력』. 평론집 『존재의 기척』. 한국시조시인협회상, 중앙시조대상, 오늘의시조문학상, 노산시조문학상 외 수상.

흐린 날의 변전소

여태껏 걸어온 길 구만리장천이다, 죽어서 또 그만큼
이니 갈수록 길 험하다

뭉툭한 사기 애자碍子에 케이블이 얽어지며 절연된 시
간이 몸속으로 빨려든다, 그런 애자 대여섯 덧댄 첨탑이
일어설 때,
전립선에 찌르르 신호가 잡히며 절연체는 주먹만큼 부
풀어 오른다, 장천에 뜬 뇌우 멀리가나 했더니, 빗줄기 시
원스레 쏟지 못하고 흐린 구름만 가득 채워 넣는다

파동이 맴돌다 맴돌다, 겨우 풀려 나온다

구시가지
― 여행자의 골목 7

철물의 거리를 지난다, 문 닫은 채

나선형의 시간들을 상자에 쌓아두고 있다, 그 옆으로 실밥의 거리가 늘어섰다, 수습 당한 근심이 창유리를 밀어 낸 곳엔 회전의자, 접의자들이 쏟아져 나와 있다, 봉제인형 같은 날엔 웃는지 우는지 막 개복한 내장 같이 속이 추지고 어수선하다

멀거니, 내다보이는 근심
또 한 차례 임대된다.

너는 백야라는 알약을 삼킨 것처럼

꺼지지 않는 어둠은 없어,

예전의 그인 죽었고

술과 폭행과 잔소리까지 끄고 갔지, 스위치가 딸칵, 밤
빗소리 위로 떨어질 때, 그때부터 어둠은 켜져 있던 거야,
죽음은 접선을 바꾼 침묵이지, 그쪽으론 수다스런 말들이
넘치겠지만 이쪽으론 어떻게든 새어들지 못해서 그래

이번엔 호흡법을 써 보자고, 4, 8, 8, 그렇지 영원에 이
르는 방식은 간단해, 숨을 들이거나 날숨을 내보내다가 그
래그래, 천천히 천천히 딸칵, 소리의 바닥으로 내려가

그 어둠을 밀봉시켜,

가랑잎처럼 땅을 스치는 슬픔 애착 따위, 몸에 핀 불꽃
모두 시들고 나서야

그 후로, 또 한참 뒤에야 그걸 끄고 싶다면

장 재

| 낙엽을 쓸다 |

외 2편

1993년 월간 《조선문학》 등단. 저서 『시조논객』 외 5권.

낙엽을 쓸다

이태 전 갈바람이 마당에 서성이면

바람 든 눈 비비면서 옆 지기랑 다툼을 벌여야 하네. 지난봄 제비집 지을 무렵 두네, 마네, 싸웠던 것처럼 오늘도 쓰네, 마네, 한바탕해야 하네. 싱그러운 여름날 그늘 가득 내리던 곳, 고향 떠나지 못하는 맘 그냥 그대로 살다가 그럭저럭 살다가 바람 따라서 가고 싶은 그곳으로 가시게 그냥 두지 않겠는가. 고마워요. 행복했어요. 쓸려가고 쓸려나가네.

잎 되어 다시 오거든 떨어지지 마시게.

볕 쬐기

벽화를 그린 마을 그림처럼 고요하다.

비 오는 날에나 볼 수 있는 옆집 김씨, 그 김씨와 버려진 감나무 과수원에서 갈잎 주워 먹는 염소를 보고 있다.

염소 두어 마리 키워서 수익이 납니꺼.

돈이 도로 들어 갑니더.

그라모 말라꼬*키우는데요.

여름철 풀 베는 인건비보다 겨울 한 철 사룻값이 싸게 먹히기 때문이지요.

옆집 김씨와 커다란 풍선 그려진 담벼락에 기대서서 볕 쬐기를 하다가 서로의 입 개운치 않아서 연신 담배를 피우고 있다.

불황은 불황인 갑다**.해도 일찍 지고 있다.

* 말라꼬 : 뭐 한다고.
** 갑다 : ~것(~가) '같(보)다'의 타동사격 방언.

며느리 밑씻개 풀

　자드락 푸석푸석 봄비를 기다린다.

　아직 찬바람 가득한데 온 세상 푸르게 푸르게 만들겠
노라. 낫 그려진 붉은 깃발 앞세우고 동강 난 반도에 아침
해를 띄운다. 오-오 평등의 사회, 보이지 않는 19코비드 날
카로운 가시에 찔려 찢어지는 봄이여, 그 가시에 찔린 민
들레, 바랭이꽃, 붓꽃, 상사화까지 아파하며 허덕이고 있
다. 이러면 아니 된다고, 아니 된다고 개망초꽃은 목을 내
밀어 보이지만 이내 그의 목까지 친친 감기고 날카로운 가
시를 숨긴 며느리밑씻개 풀 천지가 된다.

　한 겹 더 친친 감으며 그들 천국 꿈꾼다.

* 개망초 꽃말 : 화해.

신 양 란

| 쏙독새와 소쩍새가 말싸움 하는 밤 |
외 2편

충남 서천 출생. 1996년 《시조문학》 천료. 장편서사시조집 『꽃샘바람 부는 지옥』 등.
'역류' 동인.

쏙독새와 소쩍새가 말싸움 하는 밤

여덟 시 조금 지난 시간, 창밖이 너무 시끄럽다.

아무래도 저 쏙독새, 열 받는 일 있는갑다. 숨도 안 쉬고 쏙쏙쏙쏙 쥐 잡듯 몰아치는데, 아따 그 놈 말발 좀 보소, 없는 죄도 만들어내겠네. 드문드문 소-쩍 소-쩍 잔뜩 주눅 든 저 소리는 서방질하다 들켰는지 살림을 말아 먹었는지, 어눌한 말투에다 울먹임이 절반이다. 죄 지은 거 있느냐, 말 못할 사정 있느냐, 물어봐서 어지간하면 편 들어주고 싶을 정도. 폭풍우처럼 거친 추궁에 반벙어리 같은 핑계나 변명, 듣는 내가 깝깝해서 가슴이 터질 것 같구나.

아이고, 아홉 시 다 되도록 여전히 시끄럽네, 그만 좀 해라.

하루살이, 자살하다

살의가 없었음을 먼저 분명히 밝힌다, 젠장.

눈 뜨고 있었던 게 잘못은 아니잖아? 가미카제처럼 날아든 뭔가에 깜짝 놀라 눈을 끔뻑 감은 것도 내 잘못은 아니잖아. 순식간에 짓뭉개진 하루짜리 그의 우주 앞에 심심한 애도라도 해야 한다면 하겠지만, 죽이려고 눈 감은 게 아니라고, 맹세코.

무작정 뛰어든 그 놈이 자살한 셈이라고, 젠장.

풀과의 전쟁에서 항복한 구차한 이유 다섯 가지

무덤마다 핑계 있듯 패전에도 이유는 있네.

비 오는 날 비 맞으며 풀 뽑을 순 없잖아요, 산성비에 머리털 빠지면 몰골이 흉악하니까. 그래서 해가 난 날 뽑으려고 했는데, 햇볕 쬐면 가려워지는 알레르기 체질이라서요. 할 수 없이 해가 진 뒤 뽑아야지 했지만, 게릴라처럼 출몰하는 날벌레들 참 지독해요. 그렇다고 내가 질쏘냐, 풀을 향해 진군했더니 육십 년 쓴 무릎과 허리가 비명을 질러 댑디다. 며칠 간 휴전하며 전열을 가다듬고 전장에 나섰더니 이건 숫제 밀림이야, 적을 알고 나를 아니 덤벼들 수 없었어요.

첨부터 항복할 생각을 한건 아니라니까요, 절대로.

현대사설시조포럼

김숙희

| 일석이조—石二鳥 |

외 2편

1998년 《시조생활》 신인문학상 등단. 2014년 〈현대문학신문〉 전국백일장대회 시 부문, (사)한국시조협회 문학상, 정형시학 작품상, 시천문학상 수상. 시집 『꽃, 네 곁에서』(책만드는 집), 시조시인 100인선 『엉겅퀴 독법』(고요아침).

일석이조─石二鳥

겹겹이 어깨 겯고 앞산이 조아릴 때

평상 앞 가부좌 틀고 시 세계에 들었겠다 골똘히 시어를 고르느라 목계처럼 앉은 내게 비장한 침 빼어 물고 앵앵거리는데 모기 따윈 관심 없다 팽팽한 나의 시선 어둠에 직조되어 산은 차츰 가라앉고 산의 하복부가 주저앉기 바로 직전 옳거니, 떠오른 말 무릎을 딱! 쳤는데 독 묻은 비수보다 더 빠른 내 손바닥 방심하는 사이에 잠시 넋을 놓은 거지

결백한 녀석의 시신, 피 맛이나 보게 할걸

가로등을 켜며

사람이 그리울 때는 시도 때도 없다는 말

실비에 연둣빛 새싹 두 눈 뜨는 봄날이든, 장맛비 그친 하늘 잠자리 떼 수놓는 여름이든, 바람이 선들 불어 밤새 문고리 흔들며 단풍지는 가을이든, 할머니 잔기침 소리에 첫눈 서성이는 겨울이든,

아침에 눈뜰 때부터 잠자리에 들 때까지

어줍잖은 이야기

여보세요 더듬더듬 내 이름을 물어 오네

"나, 성민이," 순간 고성능 안테나가 기억창고 스캔한
다. 그 목소리 떠오르는 얼굴 있네 "용만이 소식 아니?" 우
물쭈물 내게 묻네. " 동창생 고향 친구, 영어 공부 함께 했
던? 서울로 이사 간 후론 한 번도 못 봤는데…." 할 말이 서
로 없자 서둘러 전화 끊고 다시금 떠올려 본 반듯했던 그
얼굴, 하굣길 논두렁에 우연인 듯 신문 들고 빙긋이 지켜
섰던…. 구 남매 가난한 집 개천에서 용 났다며 아버지는
성민 오빠 침이 마르게 칭찬하면서도

우리 집 얼씬만 해도 헛기침은 단호했지

공 영 해

| 금계국金鷄菊 피는 나라 |

외 2편

1999년 《시조문학》 신인상 등단. 경남예술인상(문학 부문), 가락문학상, 한국동서문학
작품상, 경남시조문학상 수상 외. 한국시조시인협회, 오늘의시인회의, 경남시조문학
회 회원. 시조집 『낮은 기침』, 『천주산, 내 사랑』, 『아카시아 꽃숲에서』 외, 선집 『처용의
달』 외. 삼형제 문집 『방앗간집 아이들』 I , II, III집.

금계국金鷄菊 피는 나라

낙동강 둔치를 금계국이 점령했다

전쟁도 아우성도 없이 국경이 개방되자 강물은 출렁 햇볕은 주춤 바람은 산들 꽃빛 찬란한 수백만 금계국이 절정의 퍼레이드를 펼치는 뉴스를 본 백성들 거리두기도 잊은채 삼삼오오 몰려나와 저마다 꽃이 되어 금계국을 누비는데 저기 들머리 수양버드나무 아래 캔버스를 걸고 앉아 붓질하는 사나이 눈부시다 금물결 찬란한 평화를 위함인지 화폭 가득 추상의 암호화폐를 무더기로 입금시키고 있다

모두가 꽃이 되는 나라, 금계국이 절정인

잡초 뽑을 손은 없고

온 도랑 물고기 자네가 다 잡던 시절엔 기대가 컸지

손에도 눈이 있어 벤츠 몰 줄 알았더니 쪼잖게 정년까지 분필 가루 마셨다며? 뒤늦은 바람 불어 글쟁이 되어 개도 안 보는 시집 몇 권 냈다고 유세께나 떨었겠다 꽉 막힌 머리로 글 쓴다고 몸 상한 거도 모자라 책 낸다고 투자하고 부친다고 또 얼메나 썼노 화장지로도 못 쓰는 시집 머할라꼬 만들었는데? 갓잖은 이름 그거 죽으면 다 헛기다 안카더나

마당에 잡초 무성하더만 그거 뽑을 손은 없제

흰여로를 찾아

돌길 따라 허위허위 흰여로를 찾아간다

푸른 이내 띠를 두른 메아리가 사는 청산 백로처럼 꼿꼿 서서 아직 나를 기다리고 있을까 해마다 만나 기쁨을 나누다가 올해는 사는 일 핑계 대며 가는 날을 잊고 있다가 상사화 웃는 낯을 보고 아차 놀라 찾아가노니 너랑 만나기로 약속은 하지 않았지만 미안하고 미안하다 우산을 기다리며 울고 섰는 아이처럼 나를 기다리진 마라 기다리고 떠나는 일이 네 뜻이 아니지만 못 만나도 너를 찾아가는 길은 이렇게 가슴 뛰는 나의 일이다

물봉선 볼 터지는 소리 가쁜 숨을 재촉한다

정 용 국

| 강남비결 江南祕訣 |

외 1편

경기도 양주 덕정 출생. 2001년 계간 《시조세계》 등단. 시집 『동두천 아카펠라』 외 3권.
한국작가회의 시조분과 위원장. 현대사설시조포럼 회장.

강남비결 江南祕訣

대치동 아파트값에 장관 목은 파리 목숨

땅 한 평에 억 원이니 억울한 건 아파트라 초역세권 팔
학군은 강남 불패 역군이지 천정부지 올라가도 내 돈 내
고 사겠다는데 양도소득세 그까짓 것 법인 명의로 막아내
고 일 가구 이 주택은 편법 증여로 들이댄다 아파트를 어
느 분이 부동산이라 하셨던가 아파트는 날것이라 펄펄 뛰
는 생물이라 무안 갯벌 장뚱어 맹키로 날아다니는 괴물이
라 국토부 청와대도 날 잡지는 못할 거구만

길승지 토정비결도 강남비결엔 밀린다지

당신들의 천국*
— You Tube

여기선 귀신도 씨나락을 까먹는다지

쥴리도 살생부도 좋아요에 울고 웃고 날뛰던 가짜뉴스
는 순삭에 폭망이라며 처녀 불알 싸게 파는 튜브도 넘쳐나
고 먹방은 가관일세 눈요기에 날이 샌다 도낏자루는 썩는
데 마우스엔 불티나니 천국이 따로 없이 한 방에 혹 가고
네 튜브지 내 튜브지 법석이 따로 없어 조회수에 목을 매
니 광고가 북을 친다 만신창이 해골들이 저자에 뒹구는데
당신들만 천국이고 온 세상은 시궁창이다

똥개도 안 먹는다는 돈
사단은 늘 그놈이지

* 이청준의 장편소설.

현대사설시조포럼

박 희 정

| 국가대표 |

외 1편

2002년 〈서울신문〉 신춘문예 당선. 오늘의시조시인상(2010), 중앙시조대상 신인상 (2011), 청마문학상 신인상(2012) 등 수상. 시조집 『길은 다시 반전이다』, 『들꽃사전』, 『하얀 두절』, 현대시조 100인선 『마냥 붉다』, 시 에세이 『우리시대 시인을 찾아서』.

국가대표

보라, SNS에 오르내리는 이 시대 국가대표들

그들의 결과에 박수치기 전에 그들의 과정을 눈여겨보라, 몸과 마음, 현실과 이상, 오늘과 내일, 발끝부터 머리꼭대기까지…, 오로지 제 분야의 '대표'가 되기 위해 달빛별빛불빛까지 끌어안고 내달리는,

남을 탓하거나 세상을 원망하지 않고 눈물겹게 집중하는, 너 또한 국가대표가 될 것이며, 국가대표인 것이며, 이 시대 의미있는 영웅이 될 것임을!

노래세상

줄줄이 사탕처럼 흘러나오는 발라드 혹은 트로트,

등산길, 산책길에 이어폰으로 노래 듣는, 카페와 식당에서 배경음악으로 깔리는, 둘레길 따라 사람보다 먼저 기척을 알리는, 귀에 익숙하거나 낯설거나 들썽들썽 흥을 얹어주는,

짜자잔! 어우렁더우렁 엮어갈 노래, 무지갯빛 신명이여

현대사설시조포럼

정 평 림

| 코로나 블루 |

외 2편

2003년 《시조시학》 신인상, 2004년 〈전북중앙신문〉 신춘문예 시조 부문 당선 등단. 제4회 열린시학상 수상. 시조집 『거기 산이 있었네』(2005, 동학사), 『메밀밭으로 오는 저녁』(2013, 책만드는집), 현대시조 100인선 시조선집 『가을 헌화가』(2017, 고요아침), 『유빙流氷의 바다』(2018, 책만드는집). 현대사설시조포럼 회장 역임. 현재 인하대 의대 외래교수.

코로나 블루*

들도 보도 못하던 말, 웬 놈의 돌림병인가.

'코로나 팬데믹'이라! 마스크 씌워 입 틀어막더니만 '사회적 거리두기' 등급을 두지 않나, 아주 작은 모임에도 못가게 침을 주지 않나, '집회의 자유'마저 억압 당하는 이 초유의 스트레스, 장기화된다면야 누군들 불안하고 우울하고 무기력하지 않겠는가, 않겠는가 말이야. '불안'은 우리네가 결과를 예측할 수 없는 상황에서 경험하는 감정일 텐데, 어쩔 수 없이 이를 수용하고 참아내야 할 경우 '우울'해지는 것이지. 가령, 애인과 헤어졌을 때 당사자가 아무리 노력해도 틀어지고 삐친 상대방 맘 돌아오지 않을 거라는 현실을 받아들이는 순간 '우울'을 경험하는 것이야. 이것은 아무래도 현재 상황을 받아들이고 에너지를 비축하면서 천천히 기다리라는 메시지일지도 몰라, 그럴지 몰라. 그런데, 그런데 말씀이지. 수 개월째 집에서 공부하는 초딩이 돌보다가 좌절감에 빠진 엄마 "나는 나쁜 엄마야. 엄마 자격도 없어." 한다던가, 스스로 창업한 회사를 폐업

한 청년이 "역시 난 뭘 해도 안 돼. 살아갈 의미가 없다."고 한탄만 한다면 이들은 병적이지. 이게 뭐 저 탓인감? 인지적 왜곡cognitive distortion이란 병적 우울증 앓고 있는 환자인 셈이지. 멀쩡한 환자 말이야. '코로나 블루'에 빠진 이들 중 약 20%는 병원 신세 좀 져야한다니 걱정이지만, 흡연자 대부분이 "나는 폐암에 안 걸린다"고 믿고 담배를 피우듯이 "나는 코로나에 안 걸린다"는 낙관적 편향optimism bias을 갖는 이도 득보다 실이 더 크다는 게 정설이거든. 무기력감, 흥미와 의욕 상실, 우울한 기분으로 대표되는 '코로나 블루', 언제쯤이나 벗어날까?

느긋이 때를 기다려, 예방 수칙 지키면서….

* Corona blue.

텍사스 거북이

텍사스 한파에 거북이 구출 작전, 주민들 3500마리 구
출하다.
　— 2021년 2월 17일자 AP통신에서

새해 벽두 텍사스엔 느닷없는 폭설이야.

빙산 저리 녹더니만 제트 기류 타고 왔나? 때 아닌 한
파로 전기·수도 죄 끊어지고 프로판가스 벽난로로 난방
이나 하는 터에, 이건 또 무슨 듣도 보도 못한 괴이한 뉴스
인가. '사우스 파드레 아일랜드*' 해안가에 기절한 거북이
들 널브러져 있다는 게야, 널브러져…. 원래부터 이놈들
은 태어난 게 냉혈동물, 추위에 맥 못 추는 줄 뉘 모르랴
만 떼로 나와 항의하는 마지막 수단이라니! 헌데, 헌데 말
이야. 실신한 채 발견된 3500마리, 그 섬 컨벤션센터로 이
송되어 이재민 대접 받으며 머지않아 따뜻한 바다로 모실
예정이라니 그래도 살맛나는 세상 아닌가베! 한편, 한파로
시달리던 주립 수족관 거북이 100여 마리, 이미 멕시코만

난류 바다로 방생되었다는 소식이야. 축하, 축하할 일이지
만 생태적 추이는 아직 퀘스천 마크.

어쨌든 돌아간 김에 용왕께 얼른 찔러나 봐!

* South Padre Island.

청바지* 갈아입고

늙을수록 빛을 내는 거장E匠들 손길이라고?

어느 누가 '인생은 짧고 예술은 길다' 했나? 정월달 달력 한 장 뚝 잡아떼면 일 년 열두 달 내일인 듯 후딱 가는데 인생이 남긴 예술은 영원할 수 있다는 말일 테지. 그건 그렇다 손 치더라도 제가 하는 일에 나이를 잊는다니 이 무슨 망발이랴, 망발이랴! 미켈란젤로 이르는 말이 여든을 넘기고서야 걸작 몇 점 건졌다 했다. 발명왕 토마스 에디슨도 여든 훨씬 넘을 때까지 발명 특허 땄다 하고, '낙수장' 건축으로 이름 떨친 프랭크 라이트도 90세 넘어서야 유기적organic 건축가로 자리매김 했다더군. 그 뿐이랴! 미국의 여류 화가 그랜드마 모지스는 아예 79세에 그림 그리기 시작하여 101세 제 수를 다하면서 15차례나 유럽에서 개인전 열었다니 늘그막에 「내 삶의 역사」라나 자서전도 낼만하지.

이게 다, 청바지 갈아입고 제 나이 싹 까먹은 게야.

* '청춘은 바로 지금'의 약자.

최 성 아

| 미란다 원칙 |

외 2편

본명 최필남. 경남 창원 출생. 2004년 《시조월드》 신인상. 시조집 『부침개 한 판 뒤집 듯』, 『달콤한 역설』, 『내 안에 오리 있다』, 『아리랑 DNA』, 동시조집 『학교에 온 강낭콩』, 『창마다 반짝반짝』, 시선집 『옆자리 보고서』. 제5회 부산시조작품상 수상 등.

미란다 원칙

어쩌다 잡혀 와서 자백을 강요받을까

짠물을 건네 보고 어깨 살살 달래보고 부서질 듯 윽박질러 봐도 대답 없는 메아리다 반복되는 추궁에도 소귀에 경을 읽듯 똘똘 뭉친 똥고집에 자백받기 글렀나보다 주어진 진술 거부권을 마음껏 쓰는 건지 자기에게 불리한 저 입을 열지 않는다 선임한 변호사말만 꿀떡 같이 따르는지 회유도 겁박에도 제 뜻 굽히지 않는다

겁 없는 백합조개는 기소유예 땅땅땅

태풍 수배

몽타주 전단지가 밤낮으로 전파 탄다

제 편 열기 끌어들일 땐 순하게 굴더니만 전국을 두들겨 패 산천도 멍이 들고 물 폭탄에 번개바람 쑥대밭 만들더니 같은 시간 같은 공간 민폐 뭉치 괴물이다 내뿜는 독설로도 민생 뿌리 막 뽑다가 여차여차 수틀리면 천지사방 확 뒤엎고 칼 꺼낸 막무가내 묻지 마 인명 살상 방심은 금물이라며 전국을 무장시킨다 입만 열면 쏟아지는 막말 광기 초토화로 똘똘 뭉친 아집 덩이 우리 땅의 테러 세력, 빛무리 몰아내고 어둠으로 진격하며 무차별 일발장전 폭탄 공격 위태롭다 아가리 크게 벌리고 순식간에 내달리며 에너지 공급 뒷배에다 망나니 춤사위까지 일거수일투족이 시시각각 노출되게 공격과 방어 사이 공개수사 촉구한다

몰염치 몰지각한 무리 한시바삐 자멸하라

최성아 111

광복의 하늘

가리고 가리는 일 더위만은 아닌 게다

짱짱한 팔월 하늘 올려보기 힘 드는 건 조선 백성 가슴 긋던 친일 흔적 남은 게다 우리 땅을 저네끼리 두 동강 잘라놓고 친일 인사 모서다가 반쪽 정부 수립한 거다 조선총독부 조선사편수회가 역사학계 대부 맡고 그네들 후학들이 역사 왜곡 조작한 거다 창씨개명 부추기는 기사로 도배질하고 민족 말살 찬양 신문이 민족지로 둔갑한 거다 상업주의 저널리즘이 진실을 왜곡하고 풀뿌리 우리 역사를 기만하는 데 기여한 거다 기득권 나팔수 되어 진실을 외면하고 아전인수 독설로 제목 가려 우민화한 거다

있는 죄 모르는 척하는 손바닥이 참 많다

현대사설시조포럼

홍 준 경

┃ 시치미 떼는 소도둑 떼 ┃
외 2편

1954년 구례 출생. 2005년 〈강원일보〉 신춘문예 당선. 시집 『섬진강 은유』, 『산수유 꽃 담』 외 3권. 감사원장상 수상.

시치미 떼는 소도둑 떼

소도둑 떼 득실대던 한 시절 얘기야.

이 고을 저 고을 외딴집 적당히 골라, 그것도 야밤에만 황소 두루 훔쳐설랑 샛강에서 도축하여 집집마다 다니며 소 한 마리 다 팔아먹고 하는 말이 가관이었어. 옆 마을 도둑이 "재미 좀 봤소?' 하고 묻자 "이 비용 저 비용 다 빼고 나니 남는 게 별로 없어라우" 하였다나. 햐! 하기야 요즘 '사모펀드' 왕사기꾼들도 뭐 별로 다른 게 없지.

온 천하 날도둑들아 남의 피눈물 어쩌라고.

흑묘백묘론*

보수·진보 대수이랴, 쥐 잡는 게 장땡이지.

우리 같은 서민들이야 배부르고 등 따듯하면 그만이지 이것저것 볼 게 없어. 아파트 값 천정부지 전·월세 품귀 현상 빈부 격차 심화에다 생활고에 민심 이반…국민 소득 몇 만 불이면 뭘 해? 소상공인 빚더미에 통곡 소리 산을 넘고 '금 수저' '흑 수저'는 한평생 꼬리표 달고, 청년 일자리 눈 씻고 찾아도 찾을 길 없사오니 이게 어디 백성들 사는 민주공화국입니까? 생지옥이지.

염병할! 내 미리 말했지만 쥐 잡는 게 고양이야.

* 중국 덩샤오핑의 경제 정책.

"언중유골" 곱씹다

아, 글쎄 절간 부처님은 얼마나 답답할까 이.

새 주지 부임했으면 모시는 분께 이따금 외출중이라도 한 장 챙겨 드려야지 본인 혼자 바깥세상 나가서는 온갖 것 죄 섭렵하고 입 싹 닦은 채 승복 털털 털고 돌아와설랑 시치미 뚝 떼고 점잖은 체 양전을 빼다니! 나, 원 참. 부처님 가부좌 우습게 보여? 천만 리 굽어보시는 신통력 있어 훤히 꿰뚫고 계실 텐데 말씀이야. 2500여 년 전 하루 공양 한 끼 했다고 세상이 얼마나 바뀌었는데 지금도 찬 없는 고봉밥에 점심 한 끼라니… 패스트푸드 햄버거도 있고 시장통 붕어빵도 자시고 싶을 텐데 말이야. 요즘 커피가 대세라는데 커피 맛도 모르고 사시니 괘씸해 일갈하고 싶을 만한데 언어가 통해야지. 나랏말씀이 다르고 통역사도 없으니 원! 하긴 절간만 그렇겠어? 우리나라 사람끼리도 말이 통하지 않아 잘못해놓고 사과할 줄도 몰라 '혹세무민' '곡학아세' '지록위마'라 몽니부려 끼리끼리 해먹는 꼴이라니. 참말로 신물 나는 세상 아니겠어.

만백성 우둔한 것 같지만 다 알고 있어, 이 사람들아

문 수 영

| 전상서 2 |

외 2편

경북 김천 출생. 2005년 중앙신인문학상 당선. 2007년 한국문화예술위원회 창작기금
받음. 시조집 『푸른 그늘』, 『먼지의 행로』, 『화음』, 현대시조100인선 『눈뜨는 봄』.

전상서 2
― 어머니께

자애가 무엇인지 몸소 실천한 사람

평생 과제 다 하시고 한 마디 유언 없이 하얀 나비, 나비되어 날아가셨네요 라일락 흐드러지게 피어난들 이제 무슨 소용 있겠습니까? 유년 시절, 부엌에서 일하고 방으로 들어오시면 나는 냄새… 그 냄새 맡으며 잠들었지요, 그 냄새 속에서 시詩가 태동했지요. 물기 어린 냄새 아직도 풍겨 나오는 것 같습니다. 뿌리까지 내주는 나무… 바다처럼 너른 품으로 힘들 때 마다 버팀목이 되어주셨지요, 한 해도 거르지 않고 챙겨주신 생일, 기억을 더듬어 하나씩 반추하렵니다

하늘도 같이 우는지 연사흘 비 옵니다

징검다리 건너기 2

양쪽에서 마주보고 징검다리 건넌다
자신의 짐들을 낙타처럼 등에 지고

다리 끝 지척인데 가운데 멈춰선다 딱 마주친 자리 물
살이 드세다 넘치는 물속에 녹슨 세월이 어른거린다 그 사
이로 떠내려가는 지푸라기, 물풀, 유연하게 헤엄쳐 지나가
는 물고기 떼, 흐르지 못하고 썩어가는 찌꺼기…
  핵과 비핵 사이, 촛불과 태극기 사이, 보수와 진보 사
이… 직진 본증은 쉬지 않고 꿈틀거리고 붉은 신호등 앞,
뛰어도 제자리 움켜쥔 앙금 흘러보낸다 전깃줄 위에서 내
려다보는 비둘기 떼

옆으로 비켜서는 자리, 팔뚝만한 잉어 떼

안경점에서
— 짝 3

제 눈에 딱 맞는 안경 찾아왔어요

쌀쌀한 바람 분다 안경점 문을 여니 바람이 잠들었다
투명한 유리 안에 칸칸이 나뉘어 진열되었다 뿔테에 네모
난 것, 금속 테에 둥근 것, 돋보기를 품은 다 초점렌즈…
저마다 목을 빼고 잘 보이려 애쓴다
  '겉모양도 맘에 들어야하고 눈도 안 아픈 것으로, 한 번
맞추면 같이 지내야 해요'
  짝을 찾는데 안과 밖 온도차가 나는데 너무 추운 곳에
서 살았거나 너무 따뜻한 곳에서 지냈거나

썼는지 안 썼는지 모를 내 입안의 혀 같은

현대사설시조포럼

노 영 임

| 시집詩集보내다 |

외 2편

2007년 〈조선일보〉 신춘문예 당선. 2012년 제1회 현대 충청 신진예술인 선정. 2013년 한국시조시인협회 신인상, 2016년 충북여성문학상 수상. 시조집 『여자의 서랍』, 『한 번 쯤, 한 번쯤은』.

시집詩集 보내다

누가 알아주길 하나, 돈벌이가 되길 하나

자취방 뜨거운 라면 냄비 받침이나 될까, 느닷없는 여우비에 하늘이나 가려 줄까, 건들건들 기우뚱한 책상다리 균형 맞춰줄까, 공원 벤치 낮잠 잘 때 얄트막한 베개나 될까, 에라이~ 때려처라 이까짓껄 시詩라고? 내가 써도 이보단 낫다 누군가에게 용기 줄까, 소개팅 10분 전 손에 들려 폼나게 해줄까, 눈 둘 곳 없는 지하철 안 시선이나 잡아줄까, 혹시 알아? 연필에 침 발라가며 가갸거겨! 한글 깨치는 할머니에게 떠듬떠듬 읽혀진다면…

시집은 평생 딱, 한 번! 보내지는 것과 매한가지여

썸Some 타다

나 좋아해? 너 좋아해! 톡, 까놓으면 좀 좋아

뭐해요? 아~ 그냥 전화 한번 해 봤어요. 어디예요? 근
처에 지나가는 길이야. 속내 보일 듯 말 듯 나 잡아 봐라
용용!! 살짝 금 밟을까 말까, 꼬리 잡혀줄까 말까? 한 발짝
다가서면 두어 걸음 내빼고, 토끼란 놈 간 넣었다 뺐다 잔
머리 굴리듯 슬쩍슬쩍 간보며 순진한 척 딴청 피우다가

시치미 뚝, 잡아떼곤 글쎄? 아니면 말고!

나이의 힘

뭘 먹지? 아무거나, 어디 갈까? 아무 데나.

속도 없는지 그저 사람 좋아 뵈는 얼굴로 웬만큼 큰일
아니면 퉁! 치듯 아무려면 어때?
　시집간 큰 딸년 사네, 못 사네 난리 쳐도 어머니들은
그 까짓껏 놀랄 일도 아니란 듯

내 안다, 내 다 안단다. 살다 보면 뭔 일 없겠냐.

현대사설시조포럼

고 춘 옥

| 영등靈登 스설 |

2007년 《리토피아》 신인상. 시집 『호랑이 발톱에 관한 제언』. 한국작가회의, 제주작가
회의 회원.

영등靈登ㅅ설

    영등할망은 음력 이월 틀민 강남 천자국 우이서부떠 왼 갖 걸름을 다 썰어당 제주도 서이 바당 해안더레 부려놓기 시작흔다. 건당흔 하르방 하늬브름 탕 내려 올 땐 얼마나 씨냐ㅎ민 갈브름살에 비꿀물에서 괴기 잡으레 나간 보재기가 하도 돌아오지 아니 ㅎ여서 죽어부러시카부댕 가솔덜은 가심이 금착ㅎ영 한수풀, 옹포 두께 지낭 금능 버렝이 강 휘잣으멍 외우대겨 보곡, 뜨시 월령, 고산, 두모, 차귀도 강 ㄴ다싸멍 걸러도 보곡, 뜨시 마프름광 ㄱ찌 쭈룩쭈룩 서귀포 칠십 리 다 휘갈아 댕기멍 헤싸도 보곡 ㅎ여도 ㄴ시 촛지 못 ㅎ영, 울멍 시르멍 ㄷ르멍 쩌긔 샛브름 부는 성산 포ㄲ지 흔 보름을 촛아댕기당 보난 동이 바당 외눈백이섬이 돼싸정 서랜 ㅎ여.

    할망이 똘 돌앙 올 땐 비를 내리고 뒷날부턴 쭈욱 날이 좋당 갈 땐 뜨시 비 내린댄 ㅎ는디, 걸 물영등이랜 ㄱ르멍 흔 해 비를 잘 내려주난 농사도 잘 되곡 펜안ㅎ게 살아진댄 ㅎ여. 반대로 메누리 돌앙 들어올 땐 날 좋았당 바로 뒷날부터 비 오곡 브름도 휘갈리멍 바짝 얼엉 ㅅ못 ㄴ실아부

난 어디 나상 댕기당은 다신 돌아오지 못 ᄒ댄, 할망이 메누리 질투ᄒ멍 심술부리는 따문이랜 ᄒ엾지. 정 ᄒ당도 갈 땐 ᄄᆞ시 날이 좋는디, 소섬이서 할망이 메누리한티 눈탱이 ᄒᆞ 방 맞앙 외눈백이 되어부난이랜 ᄒᆞ여. 그 ᄒᆞᆫ 해 동안은 ᄀᆞ뭄에 시달령 농ᄉᆞ고 뭐이고 다 안 된댄 말이 셔. 메누리가 할망한티 부애낭 몬딱 ᄀᆞ물령 죽여부는 거랜. 경 ᄒᆞ난 영등들에랑 게고제고 멩심ᄒᆞ라.

* 영등할망은 음력 2월 들면 강남 천자국 위에서부터(북쪽 끝에서 얼음이 녹으면서 제주도 서북 중국 쪽에서 찬바람이 유입된다. 음력 이월 꽃샘바람과 함께 황사가 시작되는 그 이유다.) 온갖 거름을 다 쓸어다 제주도 서쪽 바다 해안에 부려 놓기 시작한다. 건당한(건乾의 내용과 건더기 있는 중의적 표현을 사용) 하르방(서북 건방乾方) 하늬바람(북쪽 차가운 바람) 타고 내려올 때는 얼마나 세냐 하면 갈바람(서쪽 가을 바람)살에 비굿물(제주도 서쪽 지역 한림읍의 지명)에서 고기잡으러 나간 어부가 계속 돌아오지 아니해서 죽어버렸을까 봐 가족들은 가슴이 덜컥 내려앉아(깜짝) 한수풀(한림 옛 이름, 지명), 옹포, 두께를 지나서 금능, 버렝이 가서 휘젓으면서 (이름을

부르며) 외쳐도 보고, 또 월령, 고산, 두모, 차귀도(제주도 서남쪽 지명) 가서 뒤집어 걸러도 보고(바닷물 속에 빠져 있을까 해서 그물로 건져보기도 하고) 또, 마바람(남쪽 바람) 같이 주루룩주루룩(바람을 타고 미끄럼타듯 가는 모양) 서귀포 칠십 리 반경을 다 휘돌아다니면서 헤집어도 보고 해도 절대로 찾지 못해서 울며, (눈물을) 쓸며, (급하게) 달리며, 저기 샛바람(동쪽 바람) 부는 성산포(제주도 동쪽 지명)까지 한 보름을 찾아다니다 보니 동의 바다 외눈백이섬(우도, 소섬을 말함)에 뒤집혀(죽어서 널브러진 모양) 있다고 하더라. 할망이 딸 데리고 올 때는 비를 내리고 뒷날부터는 계속 날이 좋다가 갈 때는 다시 비 내린다고 하는데, 그것을 물영등이라 말하면서 한 해 비를 잘 내려주니까 농사도 잘 되고 편안하게 살아진다고 하더라. 반대로 며느리 데리고 들어올 때는 날이 좋았다가 바로 뒷날부터 비 오고 바람도 휘몰아치며, 바짝 얼리면서, 사뭇 날카로워지니 어디 나서서 다니다가는 다시는 돌아오지 못한다고 하면서, 할망이 며느리를(들어올 때 날씨가 좋은 것이 며느리가 젊고 이쁜 것으로 표현, 해서 사람들이 좋아하니까) 질투하면서 심술 부리기 때문이라고 하였지. 저렇게 하다가도 갈 때는 또 날이 좋아지는데, 소섬에서 할망이 며느리한테 눈두덩이 한 방 맞고 외눈백이가 돼버려서 그렇다고 하더라. 그 한 해 동안은 가뭄에 시달려서 농사고 뭐고 다 안 된다는 말이 있어. 며느리가 할망한테 화(부아)가 나서 몽땅 가물려서(말려서) 죽여버리는 거라고. 그러니 영등달에는 그러고 저러고 간에 명심하라.

현대사설시조포럼

변 현 상

| 귀향 |

1958년 경남 거창 가조 출생. 2009년 〈농민신문〉, 〈국제신문〉 신춘문예 당선. 시집 『차가운 기도』, 『툭』, 현대시조100인선 시선집 『어머나, 어머나』가 있음. 2013년 한국 문화예술위원회 아르코문학상으로 창작 지원 받음. 제1회 김상옥백자예술상(신인상), 제2회 나래시조(단수대상), 제36회 중앙일보시조대상(신인상), 2018년 한국시조시인 협회문학상(신인상), 제10회 천강문학상 시조부문(대상) 등을 받음.

귀향
— 호박

담 밑에 심은 호박
질긴 심줄 굵은 줄기

타고난 천성인 듯 아니면 습관인 듯 무작정 끌어안고
담장을 올라타고 감나무 올라타고 푸른 일가 이루었다 결
혼해도 출산 없는 신혼을 닮았는지 해거리로 썰렁한 감나
무 보란 듯이, 여자아이 사내아이 주렁주렁 매달고도 상위
체위 고수하며 담장을 올라타고 또다시 자식 한 놈 줄기
끝에 매달았다 피임은 처음부터 계획조차 없었는지 호박
꽃도 꽃이라고 큰소리 뻥뻥 쳐도 새끼를 잉태한 일 얼마나
대견한지 벙글다 늘어진 꽃도 오늘따라 더 이쁜데 생기면
생기는 대로 매달고 보는 푸른 심줄, 줄줄이 달린 새끼들
젖꼭지 빠는 소리가 실바람에 풀리는데

아뿔싸! 호박잎 밑에
숨겨둔 아이 또 있다

현대사설시조포럼

김춘기

| 가을 택배 |

외 2편

2008년 〈국제신문〉 신춘문예 당선. 시집 『웃음 발전소』.

가을 택배

가을이
애월항 곁에 택배회사 차렸답니다

성산일출봉 아침 햇살 두 병, 우도 서빈백사 은물결 찰랑찰랑 세 양재기, 산양곶자왈 피톤치드 머금은 공기 되가웃, 월령포구 저녁 노을로 빚은 약주 한 주전자, 산방산 봉우리 시월 그믐밤 별밭 반 평, 백록담 아래 물수제비뜨는 달빛 세 접시, 가파도 해녀할망 주름진 미소 한 보시기, 그리고 포장지에는 절물휴양림 은목서 향기 골고루 뿌려서 하늘로 보내드립니다

어머니
내일모레가 열 번째 기일이군요

종택, 아침 밥상머리

옛날 강릉 김씨 종택
아침 밥상머리렷다

대청에서 식구들 죄다 모여 식사하는데유, 새 며느리 순간 거시기가 급했다지유 그래도 궁디 힘 꾹 주면서 시부모님께 '요것 드시구요, 조것두 잡수셔유' 하면서 탐스럽게 반찬 놓아드렸다지유 그러나 끝내 참을 수 없는 그 방귀, 두 무릎 비비 꼬며 꾀를 낸 며늘아기 잠깐 숭늉 가지러 부엌에 다녀온다는데유

버선발 옮길 때마다

뿡~
뿡~
뿡~

꽃향기 날렸다나요

높아질수록 낮아지다

북한산이 황사 바다를 유영하는 봄날

백운대 오르는 길 화계사 돌아 쉼터에서 야호 하며 메아리를 만드네 울창한 굴참나무, 소나무들이 중턱에 집성촌 이루고 숨 차오르는 비탈길 곁 산초나무, 생강나무, 쥐똥나무가 고사리손으로 우리를 반기며 쉬어 가라 하네 키 낮춘 바람 수건 들고 다가와 이마의 땀 씻어주네 봉우리에 가까워질수록 안개 짙어진 하늘이 산 위에 낮은 지붕 만들고 있네

삼양동 정류장에서 내려 스카이아파트 지나 우정연립 골목길 계단 쉬엄쉬엄 올라 허리 펴면 달동네 민경이가 창문 빼꼼 열고 물끄러미 내다보네 양철지붕 블록집들이 삐뚤빼뚤 구름에 붙들고 있네 길 건너 평상엔 할머니들이 10원짜리 민화투 치고, 그 곁 손자 손녀들 웃음소리가 가위-바위-보 술래잡기하며 너덜겅 오르내리네 키 작은 것들이 여기 죄다 모여 사네

저들은 어디에서 왔을까? 산동네 사는 저들은

배 우 식

| 왈칵 |

외 2편

2009년 〈조선일보〉 신춘문예 당선. 중앙대학교 대학원 졸업(문학박사). 저서 『그의 몸에 환하게 불을 켜고 싶다』, 『인삼반가사유상』, 『연꽃우체통』, 『한국 대표시집 50권』 외. 수주문학상, 중앙대문학상, 조운문학상 등 수상. 작품 「북어」가 중학교와 고등학교 국어교과서에 각각 수록되었다. 현재 중앙대학교에 출강하여 '시 창작'을 강의하고 있다.

왈칵

샘물 속 한가운데 촛불이 켜져 있다

물속에서 타오르는 저 작은 불꽃 하나 오랫동안 바라
보는데 숲에서 산들바람 살며시 날아와서 물 위를 닦아내
고 어딘가로 사라지자 나는 가만 물속에서 촛불을 꺼내든
다 그 어떤 흔적도 없이 샘물은 깨끗하다 발자취 남기려고
발작친* 내가 왈칵 부끄럼을 쏟아낸다

무심 속
샘물도 잊고 나도 잊은 채 고요하다

숲속의 웃음 합창단

한 살의 저 나무가 까르르 웃고 있다

두 살의 저 나무가 세 살의 저 나무가 네 살의 저 나무가 다섯 살의 저 나무가 여섯 일곱 여덟 아홉 열 열 하나 열 둘 열 셋 …… 아흔 아홉 백 살의 저 나무도 호호 깔깔 소리 내어 웃고 있다

나 또한 나란히 서서 하하하하 우하하

취하다, 투명하기에

겨울밤 비를 맞으면 새소리처럼 샘물처럼 아주 맑고
싱싱하게 발끝부터 투명해진다

투명한 건 투명한 걸 투명하게 불러낸다 투명한 겨울
비는 투명하게 날 부르고 난 또한 투명한 막소주를, 막소
주는 겨울비를 투명하게 불러내어 쓸쓸한 날 취하게 한다
취할수록 나는 점점 얇아지고 가벼워진다. 취한 나는 나
를 뒤집어 우산처럼 날아다니듯 길 위를 굴러다닌다

문득 난
우산살만 남은 나를 펴들고 서 있다

현대사설시조포럼

김 윤 숭

| 여자는 꽃이랍니다 |

2009년 《시조문학》 등단. (사)한국시조문학진흥회 이사장.

여자는 꽃이랍니다

트로트 노래 듣네 여자는 꽃이랍니다

그래 꽃이 맞다 내려갈 때 보았지
올라갈 때 못 본 그 꽃 장미화 아닌 영미화
찔리면 죽는 독 가시 독침 지닌 그 꽃
해독약도 없다네 접근금지 제일일 뿐
목숨도 아깝지 않다 탐나는 거 탐내는

꽃중의 꽃은 무궁화 피안의 꽃은 영미화

현대사설시조포럼

김 영 란

| 보길도 서시 |

외 1편

2011년 〈조선일보〉 신춘문예 당선. 시집 『꽃들의 수사修辭』, 『몸 파는 여자』, 『누군가
나를 열고 들여다볼 것 같은』. 오늘의시조시인상, 가람시조문학 신인상 수상.

보길도 서시

떨어져 더 꽃다운
동백이 한창이네요

바람 멎자 떠나려든 마음 먼저 떠나서 세상 밖, 동백숲
그 오솔길 흙 향기 외롭고 고단한 어깨 어루만져 주네요
세상이 날 버리면 나도 세상 버려야지 속마음 홀홀 털며
주저앉고 말았네요

구름이 기다린 듯이
능선을 덮네요

팅커벨의 하루

구슬픈 목소리로 날 부르지 말아요

하루면 열두 시간 분으로 치면 칠백이십 분 마법의 가
루처럼 흩뿌려진 나날들 사만 삼천이백 초가 어디로 갔을
까요

오늘만 기억 할래요
하루를 천 년처럼

현대사설시조포럼

장 은 수

| 매듭을 읽다 |

외 2편

충북 보은 출생. 2012년 〈경상일보〉 신춘문예 당선. 시조집 『서울 카라반』, 『새의 지문』, 『풀밭 위의 식사』. 천강문학상 시조부문 대상, 한국동서문학 작품상, 한국시조시인협회 신인상 수상.

매듭을 읽다

쌀자루 꽉 옭아맨 매듭이 옹골지다

물꼬 터진 논바닥에 하늘을 버무려서 태풍이 끊어놓은 짧은 길도 담았는지 택배가 들고 온 쌀자루 풀지 못한다 논배미의 벼뿌리 사이 굳어버린 아버지 손가락, 얼룩빼기 황소의 방울소리도 담겼는가? 거친 손 핏빛 지문이 쌀자루를 물고 있다 피를 뽑듯 뽑아내도 우거지는 외로움을 엉킨 길의 암호처럼 해독조차 할 수 없다

어둠 속 시퍼런 달이
이랴! 하고 일어선다

물의 울음소리

바다에서 멀어질수록 야위는 가시고기

별, 별을 토해내는 천길 절벽 그 아래로 햇살 엮고 달빛 엮어 수풀 속에 둥지 튼다. 새벽부터 이슥토록 송곳니를 세우면서 팽팽한 생의 종말 부채질하며 맞는다. 골짜기 맑은 물이 울음 울며 내려와서 핏빛으로 빠져나간 아이들을 불러온다. 아버지 살점마저 재바르게 덥석 물고 하늘 보고 땅을 보고 목 놓아 부르는 아버지, 아버지!

미안해, 미안해하지 마세요
하늘에선 당신 위해 사세요

설중매雪中梅

눈밭에서 봄을 맞는 어느 소저 초상인가

천 원짜리 지폐 속에 영정을 건 한 사내가 입을 막고 들어서는 문턱 너머 봄을 본다, 매화분 가져다준 그녀를 다시 본 듯 눈만 뜨면 창을 열고 반갑게 미소 짓던 그가 누운 산을 향해 젖어드는 눈을 들고 평생토록 홀로 지내다 남한강에 몸을 던진 두향이란 여인인가, 그 사연 먹먹한지 훈풍은 아직 멀고 매화 등걸 소름 돋듯 오싹 바람만 불어 온다, 느닷없는 코로나 한파 숨통까지 옥죄는 날

매화향 절절한 입춘지절 손만 자꾸 씻고 있다

현대사설시조포럼

문 경 선

| 누게우꽈 |

외 1편

2013년 《정형시학》 신인상 등단. 시집 『더 가까이』.

누게우꽈

무면허 음주운전 딱 걸리고 말았지

구십 노모 모서 사는 아들 차마 수감 된다는 말 못하고
잠깐 서울간다 했거늘 자자한 소문 어둔 귀에도 들어가 이
제나 저제나 기다리는 어머니 나무 그림자만 일렁여도 아
들일까 노심초사 기다리다 한 달 두 달 애간장이 다 녹아
문드러진 열 달쯤 따르릉 전화 벨 아들이라 몇 번을 말해
도 아들 없수다 아들 없수다 누게꽈 누게우꽈

끊어진
전화를 붙들고
누게꽈 누게우꽈

보물 창고

빨간 방 불 켜면
몰려오는 사람들

로그인 하지 않아도 방들은 열려 있어 줄줄이 딸려오
는 알고리즘, 목마른 자 찾아드는 정보 바다에 빠져드는
사람들

사랑은
구독입니다
흩날리는 꽃향기

현대사설시조포럼

정 황 수

| 발할라 가는 길섶 |

외 2편

2010년 《문예운동》 신인상, 2015년 〈경남신문〉 신춘문예 등단. 시집 『안개의 꿈』, 『기리에를 위한 변주』, 『바람만바람만』, 『억새꽃 수사학』.

발할라* 가는 길섶

바이킹 숨결로 찬 노르웨이 숲을 업고

트롤의 혓바닥에서 새가 되길 바란 사람, 남쪽 먼 나라
부터 안식처라 찾은 그곳. 솔베이지 자장가나 뭉크의 절규
같이 드러누운 공포마저 홀홀 털고 피오르드 물빛 너머 한
폭 달뜬 풍경화를 그리는가. 영광의 오딘이여! 태양의 광
휘가 사라진 밤, 몰래 내린 작은 별빛들이 쌓이는 곳. 금빛
방패 천장에다 대들보가 창으로 꾸며진 궁전에서 만나자
꾸나. 구름 두른 천인절벽 바람이고 눈송이로 바다 건너 산
화가 된 선구자들 이름 빌려 다리 긴 순록이나 덩치 큰 곰
처럼 응답하라, 응답하라고 여태껏 문 밖에 서성이는데

토르가 맴돌던 산야는 동화 속에 잠들고.

하 많은 흑야 백야 마초적인 생령들이 거침없이 싸움
터를 발할라에 매달려도
천국은 마음에 있는 거

전쟁 아닌 평화 안에.

* 북유럽 신화에서, 오딘을 위하여 싸우다 죽은 전사들의 영혼이 머무는 궁전.

처용, 그 무언가 無言歌

움푹 꺼진 눈두덩이 일자一字 입술 코 큰 사내

 속살 보인 휑한 공원 곁눈질로 힐끔대나, 돌진하는 긴 다리가 흩어지는 물방울을 가혹하게 짓이기나. 약한 자라 밟히고만 산 날의 앙갚음같이. 빗줄기가 등뼈를 비듬하게 시침할 때 실개울에 뿌리 걸친 무지개 끝자락이 신기루길 바라는지. 아열대 몽중몽에 얼마나 허우적였나. 할 수 있어, 할 수 밖에 없다고. 먹구름에 등 떠밀려 침묵으로 도배가 된 금빛 대문 앞에 주저하다 발톱 세운 길짐승이 누런 이빨 드려낸 건 길길이 뛰는 것이 유일한 살 길인 양, 헝클어진 머리칼을 손가락이 위무하듯 빗방울을 툭툭 털고 발효될 살덩이들 반란을 잠재우려 막! 오른 검지 드는 그거…

 한바탕 삿된 휘몰이로 주린 배 채운 그거…

 길 잃은 철새처럼, 말을 잃은 야수처럼 독기 오른 리비도가 감투거리, 빗장거리…
 품방아 누런 삼욕三慾마저 사랑이라 말할 건가?

허공에 삽질하기

아무리 짖어봤자 달라진 건 하나 없어

뽕 맞은 뒤끝인가 뜸베질로 날뛴 여인, 종 부리듯 고래
고래 비행기 돌려세우다 부메랑 마카다미아에 콧대 한풀
꺾여도, 검은 색안경엔 검은 색만 보이는지 눈을 까고 기
승떨더니… 헉! 긴 머리칼 외로 비스듬히 늘어뜨린 채 고
개조차 못 들고 처량한 척, 속죄한 척, 바닥을 기는 모습
가소롭다, 가소로워. 지나새나 벼린 칼로 낯짝 하나 깔아
뭉갤 의뭉스런 그 돈다발 강다짐이 동티났나? 고두리 놀
란 새처럼 땅까불만 여념 없이

"넌 내게 굴복할 거야"
뒤돌아서 꼬는 입매

불협화음 기러기 떼 북악마루 흔들어도 귀 막은 저 가
부좌는 선문답만 던져놓아 뒤엉킨 밤하늘 길을 언제쯤 밝
힐 건지?

헉!

현대사설시조포럼 앤솔러지 Vol. 12

초판 1쇄 인쇄일 · 2021년 10월 05일
초판 1쇄 발행일 · 2021년 10월 15일

지은이 ㅣ 윤금초 외
펴낸이 ㅣ 노정자
펴낸곳 ㅣ 도서출판 고요아침
편   집 ㅣ 노영임

출판등록 2002년 8월 1일 제 1-3094호
03678 서울시 서대문구 증가로 29길 12-27 102호.(북가좌동, 동화빌라)
전 화   ㅣ 02-302-3194~5
팩 스   ㅣ 02-302-3198
E - m a i l ㅣ goyoachim@hanmail.net
홈페이지 ㅣ www.goyoachim.com

ISBN 979-11-6724-046-0(04810)
       978-89-6039-570-1(세트)